KB175620

포산 들꽃

■ 이상규

1953년 경북 영천 태생으로 1978년 『현대시학』을 통해 시인 추천을 받았다. 『종이 다발』, 『대답 없는 질문』, 『헬리콥터와 새』, 『강이천과 서호수』 등의 시집을 발표하였으며 아직 소년처럼 소설가의 꿈을 접지 못하고 60년 만에 이룬 첫 작품이다. 남은 생애를 글쟁이로 소진하려고 한다. 아무 결정권을 갖지 못한 소수자의 목소리로 글을 지을 것이다.

포산 들꽃

© 이상규, 2015

1판 1쇄 인쇄__2015년 02월 15일
1판 1쇄 발행__2015년 02월 25일

지은이__이상규
펴낸이__양정섭

펴낸곳__작가와비평
　　　　등록__제2010-000013호
　　　　블로그__http://wekorea.tistory.com
　　　　이메일__mykorea01@naver.com

공급처__(주)글로벌콘텐츠출판그룹
　　　　대표__홍정표
　　　　편집 김현열 노경민 송은주 **디자인**__김미미 최서윤 **기획·마케팅**__이용기 **경영지원**__안선영
　　　　주소__서울특별시 강동구 천중로 196 정일빌딩 401호
　　　　전화__02) 488-3280 **팩스**__02) 488-3281
　　　　홈페이지__http://www.gcbook.co.kr

값 12,800원
ISBN 979-11-5592-128-9 03810

※ 이 책은 본사와 저자의 허락 없이는 내용의 일부 또는 전체의 무단 전재나 복제, 광전자 매체 수록 등을 금합니다.
※ 잘못된 책은 구입처에서 바꾸어 드립니다.
※ 이 도서의 국립중앙도서관 출판예정도서목록(CIP)은 서지정보유통지원시스템 홈페이지(http://seoji.nl. go.kr)와 국가자료공동목록시스템(http://www.nl.go.kr/kolisnet)에서 이용하실 수 있습니다. (CIP제어번호: CIP2015003146)

포산 들꽃

이상규 장편소설

작가와비평

머리말

이 글은 영혼이 맑고 정직한 분에게만 바치는 소설입니다.

포산(현 대구광역시 달성군 현풍)에서 발굴된 현풍 진주 하씨 무덤에서 나온 한글 편지와 고목과 배지 등의 고문서를 소재로 하고 남명 조식 선생의 문하였던 고대 정경운 선생이 남긴 『고대일기(孤臺日記)』를 배경으로 하여 임진왜란기 때에 영남 사람들의 일상사를 그린 상상적 팩션입니다. 위란의 시대를 건너온 우리의 역사는 사민들과 하민이 하나가 되었기에 지속이 가능했습니다.

역사의 뒤안길에 숨어서 전란을 겪으며 살아온 사람들의 따뜻한 이야기를 쓰고 싶었습니다. 이순신이나 원균 장군과 같은 뛰어난 장수들의 휘하에는 이름 없이 죽어간 많은 하민과 사졸들이 있었습니다. 왜적의 진입로였던 영남의 좌로 우로 중로를 틀어막았던 의병들, 나라를 보위한 그 위대한 숨결을 함께 호흡해 보시기 바랍니다.

세계사에서 나라를 잃어버린 민족과 백성들은 숱하게 많았지만 우리나라는 그 숱한 외침의 상혼 속에서도 백성들이 나라를 꿋꿋이 지켜 왔습니다. 그 힘은 백성들이 여럿이면서도 하나가 될 수 있었기 때문입니다. 서로 다른 삶의 질서 속에서 기꺼이 손을 함께 잡을 수 있는 하나가 되는 슬기와 희생이 있었기 때문입니다.

지금은 대구광역시에 편입되었으나 조선조에는 수성현과 더불어 현풍현으로 이루고 있었던 낙동강 기슭에 자리 잡은 달성군 현풍, 곧 포산에서 이루어진 임란왜란의 이야기입니다. 지금은 유유히 흘러가는, 말없는 저 푸른 낙동강 변에서 한양으로 진격하는 왜적을 빈 몸으로 그 길을 틀어막으며 죽어 간 사람들의 이야기입니다. 영남의 의병은 나라가 망하기 직전에 다시 나라를 일으키는 희생적 역할을 한 것입니다. 왜적의 보급로를 차단하고 후방의 왜적의 힘을 분산시키는 결정적인 역할을 다 하였습니다.

그러나 그들은 나라로부터 아무 보상도 없이 숱하게 죽어 갔습니다.

그들의 영혼을 기리고 살아 남은이의 숭고한 용맹함을 오래 기려야 할 것입니다.

2015년 1월
이상규

목차

7

일즉다(一卽多)

아침부터 비가 내렸다.

지난 밤 모기 때문에 잠을 한숨도 못 이루었다. 피를 먹지 못한 모기의 몸은 바람보다 더 가볍다. 아무리 잡으려 해도 사람 몸에서 일어나는 바람보다 더 빠르게 깃털처럼 먼저 달아난다.

구석진 어둠을 좋아하는 모기는 불이 환할 때는 좀처럼 나타나지 않는다. 사람이 움직이며 일으키는 바람이나 소리 때문에 이리저리 날기는 하지만 그때는 너무 재빨라서 좀처럼 잡을 수가 없다.

불을 끄고 누워 있으면 어느 사이에 사람에게 접근하여

눈길이 가 닿지 않는 발가락이나 턱 밑으로 다가와서 날카로운 빨대를 살 속 깊숙이 밀어 넣어 피를 빨아먹는다.

가을이 되면 모기는 피를 빨아먹고 알을 낳아야 하기 때문에 무차별로 사람을 공격한다.

새벽녘에 겨우 잠이 들었다. 늦은 아침 눈을 부시지 떠 보면 밤새도록 피를 빨아 먹은 모기는 몸이 무거워 잘 날지를 못하고 허둥댄다. 바람에 날리는 갈대의 씨방 같이 부유하던 모기가 피를 빨아 먹은 다음에는 오동통 살이 쪄서 천정 여기저기에 달라붙어 있다.

피를 먹은 모기는 잘 달아나지 못한다.

손바닥으로 치면 피 주머니와 보잘 것 없는 모기의 몸체가 분리되어 터져 죽는다.

가을비는 피를 빨아먹은 모기가 날듯 시름시름 내린다.

꼭 석 달째, 문 밖을 나가지 않고 집안의 서재에서 책을 보면서 시간을 보내기란 여간 힘들지 않았다. 세상과 두터운 벽을 쌓고 스스로를 가두고 싶은 내 마음은 사실과 진실 사이를 방황하고 있었기 때문이다.

유성룡의 『징비록』과 정경운이 쓴 『고대일기』와 기타

지마 만지北島万次가 쓴 『도요토미 히데요시의 조선 침략』과 고소설 『임진록』 등 임란 관련 책을 읽으며 그 현장을 찾아 나서면서 생기를 조금씩 찾기 시작하였다.

장마가 몇 순배 지나갔다.

날이 맑은 늦여름 현풍에 있는 곽재우 의병장의 묘소를 찾는 길을 나섰다. 고추잠자리가 떼를 이루어 날아다니는 가을 하늘을 멍하니 바라보며 묘소 입구의 바위 돌에 걸터앉아 한나절을 보냈다.

다시 의령의 정암진으로 또 고령에 있는 김면 의병장의 묘소와 종택으로 돌아다녔다. 합천 덕곡 마을을 거쳐 내암 정인홍 선생의 초라한 산소를 찾아 나선 길은 길고 멀었다.

자연은 인간의 언어로 서술하지 않은 그대로가 아름답다. 어떤 기호로도 대체할 수 없는 언어의 수식을 거부하는 담담한 들판과 자연의 질서에 따라 살아가는 시골 사람들은 정겹다. 거짓이 없이 하고 싶은 말을 다 하며 바람 따라 흐르는 길을 벗을 삼고 길섶에 핀 들풀과 어울려 살아가는 그들이 부럽다.

고추잠자리가 유유히 황금물결을 이루는 들판에서 재

롱을 피우고 있다.

며칠 뒤 폭우가 내리는 날, 소학동자인 한훤당을 모시는 도동서원에 다시 들렀다. 유유히 굽이치며 흐르는 낙동강을 바라보며 이 글을 구상하였다.

이순신과 원균, 김수와 곽재우, 퇴계와 남명
'남인'과 '소론'이 그렇듯이
'좌'와 '우'가 그렇고
'친명'와 '친청'이 그러하듯이
'친일'과 '반일'이 그렇고
'친미'와 '반미'가 그렇다.
'부'와 '가난'이나 '지식'과 '무지' 또한 그렇고 그렇다.
'위'와 '아래' 그리고 '사민'과 '하민'도 마찬가지다.
'사실'과 '진실'도 그 경계선이 허물어져 버렸다.
우리에게는 진실의 역사가 존재하지 않는다.
역사를 빈틈없이 채우고 있는 논리가 두 조각으로 양분된 집단 충돌이 우리 역사의 모습이다.
이쪽과 저쪽.
이편과 저편.
아니 둘이 아닌 하나로 그리고 여럿이면서 하나이자

여럿이면서 여럿인 역사의 외로운 진실의 길을 걸어 보고 싶었다.

나라가 모기떼처럼 밀어닥친 왜적의 발에 짓밟혀 백성들은 왜적의 창과 칼에 쓰러지고 있는데 임금은 의주로 몽진을 가고 군현을 지켜야 할 고을 성주들은 제 목숨 살리기 급급하여 산으로 숲으로 숨기 바빴다. 관군은 근왕을 지칭한 몇몇 무리를 제외하고는 모래성처럼 쉽게 무너져 버렸다.

이 땅에서 살아 온 우리는 이처럼 늘 하나이면서 둘이었고 또 여럿이었다.

하나를 이야기의 주제로 쓴 역사는 존재하지 않는다.

앞으로도 영원히 없을 것이다.

서사적 장치로서 대립적 갈등은 필수적으로 글맛을 돋우는 양념이다.

역사를 서술할 수 있는 도구이기도 하다.

이쪽과 저쪽의 갈등은 서사적 장치의 역할만 해야 하는데 그렇지 않다.

어느 시대든 갈등의 해소는 변화의 힘과 변화에 대립하는 힘 사이에서 이루어진다.

이 두 가지 힘을 함께 아우를 수 있는 뿌리가 백성이다.

휴대 전화기 문자 자판기에도 '·'가 '위'냐 '아래'냐, '좌'냐 '우'냐에 따라 한글의 글꼴이 달라진다.

철학시간에 들었던 상식으로도 '이발'이냐 '기발'이냐에 따라 학파가 갈라선다. 조정에 출사하느냐 하지 않느냐에 따라 훈구학파와 사림학파으로 나누어진다.

내 몸의 DNA 속에는 이분의 분열적인 바이러스가 잠복해 있다. 이 책을 읽는 당신의 몸에도 물론……

이 이원론적 갈등이 한국사를 잉태하고 시퍼렇게 키워 왔다. 지난 시대의 사대주의의 갈등이 오늘날 사상의 이념적 갈등으로 채색이 바뀐 것뿐이다.

하나가 둘이 되는 시대가 아니라 이젠 여럿이 하나가 되는 시대로 가야 한다. 0-1, 0-1, 0-1, 0-1로 이어지는 무한의 하이퍼링크 속에 과학과 역사와 문화가 새겨져 있다.

여럿이면서 하나이고 둘이면서 하나이다.

인간의 갈등과 대립의 근원은 하나를 둘로 분리함으로서 생겨난 것이다.

현재와 지난 과거가 얼마나 유사한지를 확인하기 위해 나는 임진(1592)년의 시대로 되돌아가고 싶었다. 밀어닥친 허기진 모기떼들을 막아내기 위해 삼남 지방의 사민과 하민들이 주축이 된 의병들은 한양으로 밀어닥친 왜적을 몸으로 막아내고 피를 뿌려 그들을 지치게 만들었다.

그래서 나는 달성군 현풍 솔례 마을의 시골 선비인 곽참봉, 곽주라는 사람으로 환생하여 내가 경험한 임진왜란의 참사를 여러분께 이야기해 주려고 한다.

여러분은 앞으로 두 사람의 '나'와 만날 것이다.

전란의 이야기는 늘 승리자들의 이야기로 가득 차 있다. 전란의 승리가 공신녹권에 이름이 올라 간 신하나 장수의 몫만이 아니다. 그 뒤에서 이름 없이 죽어 간 참으로 많은 병졸과 사민들과 노비와 화랑이와 바치와 백정들을 전장에서 함께 만날 것이다. 전쟁에서 승리로 이끌거나 패배한 자 외에도 역사의 새집을 짓는데 눈에 보이지 않는 많은 사람들의 피를 뿌려야만 했다. 전쟁의 역사는 죽은 이의 뼈 가루로 집을 짓고 피로써 물을 드린 이야기이다.

사람의 죄를 뿌려 인골의 벽돌로 만든 집이 역사의 공간이고 오늘 우리들이 쉬고 있는 쉼터가 아닌가?

시민과 하민이 신분 계급상으로 서로 다른 삶을 살지

만 각각의 삶을 들여다보면 나름대로의 고통과 즐거움은 다 있게 마련이다. 다를 것 같은 그 차이가 별로 다르지 않다는 사실은 시대에 따라 유동적으로 변할 수 있는 역사가 지어내는 질서일 뿐이다.

선거는 기간을 정해둔 단기전이다. 가장 극명하게 내 편과 네 편의 편짜기 게임이다. 개가 자기 그림자를 보고 짖으면 곁에 있던 다른 개들도 따라 짖듯이 패 가름을 하여 정당이라는 포장지에 쌓인 채로, 때로는 그 외연에서 피탈이 나도록 싸운다. 그 싸움을 포기한 자는 지도록 역사의 각본은 미리 짜여있다.

그래서 때로는 억울할 수도 있다.

그러나 언어로 절제되지 않은 상황에 대한 기술은 아무 소용이 없다.

이제부터 나는 하나가 곧 여럿이며 여럿이 곧 하나이라는 체험을 임진왜란의 상황 속에서 재구성해 나갈 것이다.

푸른 하늘은 아직 검은 구름에 가렸고 왜란으로 길을 잃은 사람들의 눈엔 피눈물이 가려졌다. 서리 같은 하얀 달은 예나 지금이나 바람 부는 가을밤 소나무 가지에 처절하게 걸려 있다.

선조가 몽진을 떠난 평안도 의주는 분단으로 갈 수 없는 곳이다. 북에는 3대에 걸친 김씨 왕조가 세습의 길을 걷고 있다. 미얀마에서 동해에서 연평도에서 끊임없는 도발을 하고 있다.

임진왜란과 6·25 한국전쟁으로 피눈물로 얼룩졌던 이 땅, 지금은 신바람 나는 평온함으로 이어지고 있으나 등 뒤로 불어오는 배반의 늑대 바람이 언제 다시 불어올지 모른다. 자본주의의 이기주의가 바람 따라 움직이는 늑대가 되어 물안개 피는 이 언덕에 곳곳에서 컹컹 울어대는 날이 언제 다시 찾아올지 모를 일이다.

대한제국의 명성왕후를 시해했던 그 시퍼런 일본도가 기온祇園의 쇼후쿠聖福 절 박물관에서 아직 빛을 잃지 않고 있다.

1974년 8월 15일 광복 경축식장에서 여러 발의 총성이 울렸다. 일본 극우 조총련 계열의 행동 대원이었던 문세광이 쏜 총알을 맞고 육영수 여사가 쓰러졌다.

북으로부터 언제 화염의 불모기가 습격할지 모른다.

우리는 지금 하얀 백지의 역사 위에 서 있다.

미래 한국의 역사를 새롭게 쓸 원리이자 방향이 무엇

일까?

세상의 암흑 물질은 진실이다. 그래서 진실은 참으로 밝혀내기가 힘이 들 뿐 아니라 예측하기도 힘이 든다. 진실은 사람마다 가슴 깊숙이 또는 기록의 다른 편에서 서성거리며 숨어 있기 때문에.

임진왜란이 진행되는 동안 정발鄭撥은 부산 다대포진에서, 동래부사 송상현宋象賢은 동래성에서 순절한 것은 역사적 사실 이전의 진실이다. 거짓과 위선으로 치장한 사실은 진실이 아니다.

정치 흐름 또한 마찬가지이다.

내적 충실이나 어떤 겸양에 값을 매기지 않고 오만과 부로 치장된 이들이 득세를 하고 권력을 몰아 쥐고 있다. 한때 민주화를 외쳤던 이들도 그것을 가려내지 못하고 있다.

거짓과 허위와 위선을 가려내려는 노력을 우리는 이미 포기하고 있다.

지금부터의 '나'는 지금의 내가 아니다.

6년 동안 계속된 전쟁에 지쳐 있는 관군과 의병 그리고 고을에 모든 사람들과 슬픔을 함께 나눌 줄 아는 한 향촌 사람의 눈으로 바라본 전란의 이야기를 시작하려고 한다.

그 속에서 지금까지 잃어버렸던 진정한 내 삶을 발견하기 위해 현풍 시골장터에서 소주잔을 함께 기울이면서 현풍이라는 작은 공동체 마을에 대한 끝없는 애정을 가진 힘없고 가난한 많은 사람들을 만났다.

조선이라는 나라는 임진왜란으로 엄청난 피해를 경험했지만 망하지 않았다. 그러나 도요토미 히데요시의 권좌는 도쿠가와로 넘어갔고, 명나라는 청나라로 재편되었다. 그 이유는 역사적 진실을 외면했기 때문이다. 지난 이야기를 하는 것은 미래의 희망을 이야기하는 것과 다름이 없다.

이제 나의 이야기에 따라 여러분과 함께 나설 차례이다.

사실과 진실 사이로 차마 건너지 못하는 역사의 강이 유유히 흐르고 있다.

적어도 내 이웃을 진정 사랑한다면 이젠 우리가 하나가 되어야 한다.

동한기 동안 잎과 꽃을 다 지운 앙상한 가지 사이로 매서운 칼바람이 지나갔다.

포산에 살던 거룩한 두 승려의 예언적인 이야기로 시

작하자.

신라 때에 관기觀機와 도성道成 두 선사가 이곳 포산包山에 살았다. 포산이라는 이름은 범어로 '끌어안는다'라는 뜻이다. 소슬산所瑟山이라 하는데 '소슬'은 곧 '포包'를 이르는 말이다. 곧 '끌어안는 산'이라는 뜻이다.

세상을 하나로 안을 수 있는 관용의 산이기도 하다. 그 산 아래에서 우리의 미래를 하나로 끌어안는 사람이 태어날 희망의 장소이다.

포산은 현재 이름으로는 현풍玄風이고 소슬산은 비슬산琵瑟山으로 부른다. 포산은 대구부성보다 작은 현청이 있는 마을이지만 비슬산을 어깨동무하면서 대구와 이어져 있고 낙동강 줄기를 따라 경상 좌우도를 실핏줄처럼 연결하는 그 가운데에 서 있다.

관기는 소슬산 곧 지금의 비슬산 남쪽 고개에 암자를 지었고, 도성은 북쪽 굴에 살았다. 서로 10여 리쯤 떨어졌으나 구름을 헤치고 달을 노래하며 항상 서로 왕래했다.

도성이 관기를 부르고자 하면 산 속의 수목이 모두 남쪽을 향해 허리를 굽히면 관기는 이것을 보고 도성에게로 득달같이 달려갔다. 그 반대로 나무가 모두 북쪽으로 굽히면 도성이 또한 관기에게로 바람처럼 달려갔다.

관기와 도성 두 신선은 비록 떨어져 있었지만 늘 한사람으로 함께 살았다. 이와 같이 하기를 여러 해를 지냈다. 어느 날 온몸을 허공에 날리면서 어디론가 떠나갔는데 간 곳을 알 수 없다. 관기도 또한 도성의 뒤를 따라 이 세상에서 흔적 없이 떠났다.

포산의 비슬산 산신 정성천왕靜聖天王은 일찍이 가섭불伽葉佛 때에 부처님의 칭탁으로 이곳에 내려왔다. 앞으로 이 땅 포산에 아홉 선사가 출현할 것이요, 몇 백 년마다 전쟁의 고난과 함께 나라를 하나로 이끌 상서로운 인재가 현현할 것이라 예언하였다. 지금 산중에는 아홉 성인의 행적에 대한 기록이 있는데, 자세하지는 않지만, 관기, 도성, 반사, 첩사, 도의, 자양, 범중, 금물녀 등이다.

아홉 선사 가운데 한 사람인 범중 선사가 임진년 남에서 북으로 칼바람이 불 것이라 예언하였다. 그리고 또 세월을 건너뛰어서 흉내 낼 수 없는 절재와 도량의 아름다움이 있는 한 그루 들꽃이 출연할 것이라 예언하였다.

그러나 먼 미래에 여럿을 하나로 만드는 꼿꼿하고 도량 있는 한 그루의 들꽃이 이곳 포산에서 피어나리라고 믿고 있었다.

나는 지금 이 작은 포산 고을에서 전개된 암울하고 궁

핍했던 지난 임진왜란의 시대사를 더듬으며 범중 선사가 예언한 정직한 한 그루의 들꽃이 피어나기를 기다리고 있다.

범중 선사는 해마다 향나무를 주워서 절에 바쳤다. 비슬산에 들어가 향나무를 구해 쪼개고 씻어서 바위에 펼쳐 두면 그 향나무는 밤에 촛불처럼 성스로운 서기를 발하여 어둠속에서도 환한 연꽃 모양의 광채를 내었다.

이로부터 포산 고을 사람들은 비슬산에 있는 그 향나무의 빛을 구해서 부처님께 보시하고 하례하였다. 이는 도성과 관기 두 선사의 영감이요 혹은 산신 정성천왕의 도움이라는 말도 전한다.

도성과 관기 두 선사 풍류 몇 백 년이 지났는가.
이 산의 수목들이 북으로 허리를 굽히면
연하烟霞 가득한 어둠을 만났다가
이 산의 수목들이 남으로 허리를 굽히면
사바의 무리를 이끌 연꽃이 피어나리라.

하나이면서 둘이고 둘이면서 하나다. 여럿이면서 또 하나다. 여럿이 결코 하나가 될 수 없지만 어울려 하나가 되는 길이 있다. 또 한 사람의 선사인 일연은 포산에서 『삼국유사』를 쓰는 동안 잠시 머물면서 관기와 도성을 이렇게 노래하고 이곳을 떠났다.

자모紫茅 황정黃精으로 배를 채우고, 입은 옷은 나뭇잎, 누에쳐 짠 비단이 아닐세.
찬바람 쏴 불어오고 돌길은 험한데, 해 저문 숲속으로 나무 짐 지고 돌아오네.
밤 깊어 달 밝은데 포산 아래 앉았으면, 반신은 시원히 바람 따라 나는 듯
떨어진 포단蒲團에 가로누워 잠이 들어 꿈속에도 결코 속세에는 가지 않겠노라.
훨훨 날던 구름은 가 버리고 묵은 두 암자에는 사슴만 뛰놀 뿐 인적은 드물도다.

관기와 도성이 남과 북으로 바람처럼 흩어지면 몇 백 년에 걸쳐 번갈아 이 땅에 전쟁이 일어날 것이라는 예언처럼 남에서 불어온 임진년 전쟁이 시작되었다.
무논 들판에 '워이, 워이' 새를 쫓는 아이들의 소리가 갑자기 뚝 끊어졌다.

간밤에 모기 때문에 잠을 설쳤다.

도요토미 히데요시의 조선침략은 아무 이유 없이 피를 빨아먹는 모기떼의 행위와 같다. 그 모기떼들의 침략 잔치는 이렇게 시작된다.

도요토미에게는 쓰루마츠鶴松라는 친아들이 있었지만 세 살 때 세상을 떠났다. 도요토미의 누님의 아들인 히데츠구秀次를 양자로 들여 그의 막강한 권력을 이양하는 세습의 절차를 이미 끝냈다. 일본의 66개 영국의 제후들은 관백인 도요토미에게 바친 재화와 곡물로 엄청난 흉기와 배를 만들었다.

도요토미는 여러 가신들과 제후를 총동원하여 오아리노 쿠니尾張國에서 장대하고 호화스러운 수렵행사의 전야제를 통해 조선과 명나라를 치고 태양의 대제국을 일으키려는 꿈에 부풀러 올랐다.

관서 지역의 22개 영국의 제후들은 다양한 문양 깃발을 앞세우고 무장한 가신들을 총동원하여 오와리노 쿠니로 출발하였다.

짙은 홍색 실로 엮은 아파카와 금빛으로 치장한 준마를 이끌고 2,500마리의 멧돼지와 새들을 잡았다.

관백 도요토미는 곧 개전될 조선과 중국 침략의 예행

연습을 통해 영주들의 단결을 과시한 매우 중요한 행사였다. 사냥이 끝나고 교토로 되돌아오는 이른 아침 관백의 양자 아들이자 후계자인 히데츠구는 관동의 몇몇 반란군을 강경하게 진압하고 곧 바로 말머리를 돌려 오와리노 쿠니로 달려왔다.

도요토미는 전 제후들을 불러 모은 자리에서 "오늘 이 영광스럽고 자랑스러운 수렵을 끝내고 내가 아끼는 히데츠구를 중심으로 전 가신들은 부드러움과 관용과 동정심을 가지고 조선과 중국을 지배할 영광된 태양의 제국을 일으키자"는 일장의 연설을 마치자 곧 교토로 향하는 대장정의 행진이 시작되었다.

선두에는 금색의 긴 대나무에 노획한 새와 노루, 멧돼지를 달아매고 그 뒤로는 사냥개와 호화로운 마구로 장식된 수백 필의 군마가 뒤를 이었다. 그 뒤로는 도요토미와 후임 관백이 될 히데츠구의 휘황찬란한 가마가 뒤따랐다. 각 지역의 제후들의 가마의 행렬을 뒤 따르는 창과 칼을 찬 가마가 뒤따랐다. 각 지역의 제후들의 가마의 행렬을 뒤따르는 창과 칼을 찬 기마병 그리고 제후국을 상징하는 오색찬란한 휘장 깃발이 십여 리 꼬리를 문 대장정이었다.

영광, 용맹, 충성심으로 혼연일체가 된 흥분과 자긍심으로 뭉쳐진 그리고 눈에 보이지 않은 어떤 혼돈이 응결된 행진 행렬이었다. 도요토미가 탄 가마의 중앙에는 금으로 장식된 가면상과 은과 금색으로 치장된 가마채의 막대기에는 초록빛 비로드로 장식되어 있었다.

중천에 솟아 오른 작열하는 태양빛에 반사된 가마의 모습은 누가 보아도 위엄을 갖추고 있었다. 그 앞뒤로 오열을 맞춘 기마병사와 뒤따르는 제후들의 가마의 행렬은 이 세상을 모두 삼킬 듯 파도가 뭍으로 밀려드는 모습이었다.

들녘에 농사일을 하던 농부들은 일손을 멈추고 그 영광스러운 관백의 일행을 향해 머리를 조아리고 있었다. 그 들판이 세키가하리 전투로 다시 피투성이의 내전이 일어날 줄 짐작도 하지 못한 채…….

태양의 신이요, 천하의 군주인 관백의 지배와 숭배의 영광을 지속하기 위한 무모하고도 대담한 그의 계획은 착착 한 단계 한 단계 진행되고 있었다. 광란으로 자긍심으로 영혼에 불붙은 일부 제후들은 앞으로 닥쳐올 전란의 재앙이 얼마나 큰 것일지 감히 상상도 하지 못하고 있었다.

조선과 중국의 정벌을 위해 단기간에 수많은 선박과 전함을 구축하고 온갖 무기와 식량, 탄약을 마련하기 위한 재정을 쏟아 부을 수밖에 없었다.

선조 25(1592)년 4월 14일 제1번대를 이끌고 조선으로 날라 온 고니시 유키나가小西行長는 병선 700여 척에 병력 1만8천700여 명을 이끌고 오후 5시 무렵 부산 앞바다에 이르러 상륙을 마쳤다. 부산진은 불과 하루 만에 함락되었다. 아무런 저항도 받지 않고 물밀 듯이 밀어닥친 왜적을 부산겸사 정발은 수백 명의 관군으로 막아내기란 불가능한 상황이었다.

바로 말머리를 동래부사 송상현이 방어하던 동래성으로 향하여 삽시간에 동래성마저 함락시켰다. 양산과 밀양을 거쳐 현풍과 대구를 거쳐 상주 방면으로 돌진하였다. 회오리치며 밀려오는 왜적의 기마병과 그 꼬리를 물고 닥쳐오는 보병들의 기세는 거대하게 밀려오는 파도와 같았다.

임진왜란, 우리의 의지와는 전혀 무관한 일방적 침탈과 약탈, 그리고 엄청난 살상이 이 땅에서 시작된 것이다.

사효자굴의 참사

임진(1592)년은 유난히 비가 많은 한 해였다.

초봄부터 우기가 잦게 드리워져 천수답 다랑이 논에
도 물이 철철 넘쳐나 모심기는 쉽게 끝냈다. 채전에 채
소 모종을 심기에도 일손이 모자라 포산 향계나 유가서
원의 유사들 모임에도 빠질 수밖에 없었다.

다행스럽게도 4월 초 가묘 젯날에는 재종반이 다 모일
수 있었다. 그때가 재종반이 함께 모일 수 있었던 마지
막이 기회가 될 줄이야.

두벌 논매기를 할 무렵 왜병 제1번대 선봉장 고니시
유키나가小西行長와 제2번대 가토 기요마사加藤淸正, 제3번대

구로다 나가마사黑田長政 등이 이끄는 왜병들이 폭풍우처럼 여덟 차례나 밀어닥쳐 와 온 나라와 향리 일족들을 풍지박산이 되었다.

들판 일을 다 손을 놓아 버리고 사람들은 살기 위해 재 넘어 산으로 숨어들고 뿔뿔이 흩어졌다.

부산 동래로부터 경상도를 좌로, 중로, 우로 세 갈래로 나누어 한양으로 진격하던 왜병들은 거의 대부분 포산과 성주, 대구를 경유하여 지나갔다. 내가 사는 포산은 낙동강 물줄기를 끼고 청도 밀양으로 가거나 성주와 김산으로 가는 길목이기 때문에 밀어닥친 왜병들의 말발굽에 여러 차례 짓이겨진 곳이다.

그만큼 전쟁의 피해와 상처는 더 깊고 컸다.

제1번대 선봉장 고니시 유키나가가 휩쓸고 지나간 며칠 뒤 2번대 가토 기요마사가 이끄는 주력부대는 가토加藤 가문을 상징하는 검은 색의 갑옷과 뱀의 눈을 황금 문양으로 장식한 사시모노指物를 등에 꽂고 있었다. 이이井伊 가문 출신의 왜병들 등에는 붉은 깃발로 만든 사시모노를 꽂고 그 깃발에는 금색으로 쓴 자신들의 이름이 새겨져 있었다.

5월 10일경.

오열을 맞춘 제8번대 모리 데루모토毛利輝元가 이끄는 기마병과 그 뒤를 잇는 검은 철갑옷을 입고 화승총과 칼과 활로 무장한 군졸들이 붉은색과 자색으로 수를 놓은 영기와 화룡기와 소초기를 펄럭이며 낙동강 변을 따라 까마귀 떼가 바람을 거슬러 밀려오듯, 영산을 거쳐 내가 사는 포산 방향으로 밀어 닥쳤다.

외곽 경비를 맡고 있는 왜병들의 등에 맨 사시모노인 고헤이(신사나 절에서 신에게 바치는 종이나 비단으로 만든 제물)와 백기를 꽂고 있는 것으로 보아 몇몇 가문이 합동으로 구성된 것 같았다.

또한 그들이 쓴 투구도 가문에 따라 각양각색이었다. 철심에 송진을 먹인 종이를 꼬아 메기수염처럼 장식하거나 소뿔처럼 생긴 것, 초승달 모양의 장식물을 투구 상단에 장식한 것도 눈에 띄었다.

포산을 향해 진격해 올 무렵은 자시가 조금 넘은 시간이다. 나는 제2번대가 지나간 이후 매바위 중턱에 가솔들을 데리고 임시 움막을 만들어 몸을 피했다. 움막 위에는 생솔가지를 꺾어 뒤덮어 씌웠기 때문에 적병이 가까이 오더라도 인적을 발견할 수 없도록 해 두었다. 그리고 식솔들 모두에게 검은색의 옷을 입혔다.

솔레 앞마당은 바깥 장터가, 왼편으로는 포산의 들녘이 굽이굽이 출렁거리는 봄보리가 자라서 한바다를 이루고 있다. 매바위 중턱에서 보면 낙동강을 거슬러 올라오는 어물바치나 옹기바치뿐만 아니라 잡물바치들이 모여드는 장터가 눈 아래 내려다보인다.

바깥 장시를 중심으로 신기리 들판까지 갈가마귀 떼와 같은 왜병들은 먼지바람을 일으키며 오륙 겹의 진을 치고 머물렀다. 그 가운데에서는 왜병들은 휴식 겸 중참을 먹고 있었다.

한 열이 뒤로 빠지면 다시 그 뒷 열이, 중앙으로 차례차례 모여 드는 광경은 마치 파도가 해안에 쓰나미가 밀려들어 오는 듯하였다. 그러나 제일 외각을 경비하는 대열은 중앙을 향하지 않고 바깥 사방을 향하여 화승총과 창을 겨누며 경계를 늦추지 않았다.

처창하게 울어대는 뻐꾹새 울음이 이 산에서 울면 저 산에서 화답하자, 그 울음소리에 놀라 잠에서 깬 회오리바람이 돌돌 휘말려 하늘로 오른다. 멀리 비슬산의 붉디붉은 철쭉 꽃물이 여기저기 꾹꾹 눌러 놓은 듯 산허리를 휘감고 있다. 유가사 절 건너편 와우산성 자락에 핀 철쭉 꽃물이 마치 핏빛 물결이 되어 신기리 들판 쪽으로 유유히 흐르는 듯하다.

판서 댁 큰집 식솔들은 이미 유가사 와우산성 방면으로 피란을 떠났다. 아내가 산고가 있어 우리 식솔들은 큰집 식솔들과 함께 피란을 못하고 솔레 뒷산 매바위 중턱으로 올라와 겨우 움막을 몇 개 만들어 숨어들었다.

이미 의령의 의병장 곽 장군과 고령의 김면 장군으로부터 의병을 징모하는 파발이 연거푸 포산 향청으로 왔다. 가솔로 거느리던 춘복이를 비롯하여 20여 명의 가노를 의령 곽 장군 의병대로 떠나보냈다.

집안 식솔들과 남아 있는 가노를 합친 여남 명이 언제까지 이 산속에 숨어서 생활해야 할지, 또 5월 스무닷새 날 드는 선조고의 제사는 또 어떻게 할지 눈앞이 아득하다.

매바위 맞은편 멀리 건너 비슬산 중턱에 갑자기 연기가 치솟아 오르더니 금방 붉은 화마로 변해 유가사 봄바람을 타고 산능성이로 치솟으며 핥고 있었다. 산불이 이글거리며 번지고 있다.

봄볕이 더욱 후끈 달아오르는 듯하였다. 훅훅 밀려오는 뜨거운 열기가 바람 타고 파도처럼 밀려온다.

바깥 장터에 집결했던 왜병들이 술렁거리더니 대오를 새롭게 짜는 모습은 마치 거대한 뱀이 구불구불 몸을 뒤

트는 듯하였다.

본진의 앞 대열 오색 깃발을 높이 치켜든 병사들과 금빛과 울긋불긋한 색깔로 치장한 기마병이 서고 그 중간에는 은빛 금빛으로 장식된 투구를 쓴 왜장이 탄 백마의 위용스러운 모습이 눈에 또렷하게 들어왔다. 3백여 명의 기마병들이 3조로 나누어 유가사 와우산성 방향으로 또 한 조는 우리가 숨어 있는 매바위 방향으로 치달려 오고 있다.

멀리 유가사가 있는 비슬산 방면으로 향하던 왜병의 화승총 소리가 "타당, 탕, 탕, 탕" 요란스럽게 울렸다.

뻐꾹새 울음소리가 뚝 멎었다.

갑자기 5월의 평온함이 무너지고 비슬산 정상의 봉수대의 연기가 치솟아 올랐다. 비슬산 기슭에 자리한 와우토성을 지키던 의병군과 왜병이 접전이 시작된 모양이다.

막개가 주먹밥을 손에 들고 왔다. 마당 앞 연당에서 딴 연잎으로 싼 주먹밥을 한 입 물어 씹어도 목구멍에 걸려 넘어가질 않는다.

"참봉 어른, 저기 몰려오는 왜병들이 틀림없이 이쪽 매바위로 올라올 것 같은데 여기 이대로 있다가는 식솔 모두가 몰살당할 것 같습니다."

"오야댁 새댁은 제가 모시고, 사돈 안어른은 조금이가

모시고 각자 흩어져서 수리 사당골 방면으로 숨어들어 가서 사태가 좀 가라앉으면 집으로 돌아가는 것이 좋을 듯합니다."

바깥 장터에 겹겹이 몰려있던 왜병들이 3군으로 나누어 밀물처럼 빠져 나간다. 봄보리를 채 거둠을 하지 못했거나 군데군데 모내기를 하지 않은 푸른 들녘은 다시 인기척 하나 없는 텅 빈 공간으로 남아 있다.

유난히 푸른 봄 하늘이 멀리 병풍처럼 둘러친 비슬산 어두움의 명암을 일으켜 세우고 있다. 이 산 저 산에서 애처롭게 울어 대는 뻐꾹새 소리는 철쭉꽃으로 번지고 있다. 인적이라고 찾아볼 수 없는 포산 들판은 더욱 적막하다.

솔레 쪽으로 진군하던 왜병들은 솔미들을 지나 수리들로 향해 먼지바람을 일으키며 진군하고 있었다.

내가 태어나고 저처럼 많은 사람을 본적이 없었다.

"오늘 저녁 밤을 새우고 난 다음 구책을 세워보도록 하자."

두려움에 몸을 움츠린 노비 막개는 무심코 내 팔을 걸어잡았다.

"막개야, 너무 걱정하지 마라."

갑자기 유가사 쪽 하늘에서 짙은 먹구름이 몰려오고 있었다. 먹구름 사이로 간간이 들어나는 달빛이 비추는 들판은 칠흑바다가 잿빛바다로 변하여 넘실거리는 듯하다. 유가사 쪽으로 피신한 큰댁의 소식도 궁금하였다.

매바위 산허리에 있는 모중골은 뒤쪽이 병풍처럼 드리운 절벽으로 가리고 있어서 왜병이 밀어닥치더라도 뒤쪽으로 밀어닥치지는 못하리라. 불을 피우지 못하니까 저녁도 역시 주먹밥으로 먹는 둥 마는 둥 끼니를 채우고 산고로 끙끙 앓고 있는 아내 곁에서 어렴풋이 잠이 들었다.

내 귀에 대고 귓속말로

"어르신 산중턱에 남정네 몇 사람이 이리로 향해 올라오고 있습니다"라고 내 집 우두머리 노비인 곽상이가 속삭였다.

꿈인 듯 눈을 떠니 아내의 침모인 조금이가 겁에 질린 눈으로 곁에 쪼그리고 앉아 아내 손을 부둥켜 잡고 있다.

소나무 가지를 비집고 어둠침침한 산 아래쪽을 내려다보니 흰 옷을 입은 장정 두서너 명이 이쪽을 향해 허겁지겁 달려오고 있다.

빗방울이 후둑후둑 참나무 잎사귀를 후리기 시작했다.

어둠이 더욱 짙게 깔린 나무 사이를 빠져 다가온 사내는 판서 댁 노비 한걸이와 맹득이었다.

숨찬 목소리로

"어르신 큰댁 식솔들이 유가사 입구 절가사들 위에 있는 사계굴에 피신했는데 왜병들이 밀어닥쳐 백부님과 종질 형제 네 분과 종질서가 차례로 왜병의 칼을 맞고 돌아가셨습니다."

"저희들은 생솔을 꺾으려 맛바위골에 있다가 왜병 사오백 명이 밀어닥치는 것을 보고 뒷산에 피신하다가 내산골로 올라가는 것을 보고 내려오니 이미 그 지경이 되었습디다."

"큰댁 판서공 큰아버님과 종질 네 형제분, 그리고 종질서의 시신이 이곳저곳에 흩어져 있고······."

말을 잇지 못하며 후들후들 떨고 있었다.

맏종질인 걸이와 맏종질서인 광주 이씨인 돌밭댁의 얼굴 모습이 스쳐 지나갔다.

몇 해 전 밤늦게 가마를 타고 신행길에 올라 조심스럽게 초례청으로 걸어 나오던 맏종질서의 단아한 모습이 눈에 어른거렸다.

무슨 연고가 이런 연고가 있을 수 있나.

아무 말을 할 수 없었다.

"못골댁에 들렸더니 적은 집 식솔들이 매바위로 올라 갔다는 말을 듣고 어둠을 피해 이곳으로 달려 왔습니다."

한걸이 곁에 있던 맹득이가 겁에 질려 말을 더듬으면서

"살아남은 자는 마침 물을 길러로 간 작은 조시와 순복이만 살아남았고 큰댁 어른을 모시고 있던 집이와 칠이 놈은 굴을 뛰쳐나와 겨우 목숨은 살았지만 큰댁의 침모인 귀불이년과 아이들 여섯 일곱 명은 왜병들이 잡아 갔습니다."

동굴에 숨어 있던 사랑어른 기침 소리를 듣고 밀어닥친 왜병에게 종질 한 분 한 분이 차례로 나서서 죽음 당했다는 이야기를 전했다.

큰댁 맏질부는 몇 해 전 칠곡 돌밭 광산 이씨 명문가에서 이곳으로 시집왔다. 자색도 남다르고 반미가 주루루 흐르던 맏종질부는 큰집 종부로서 효성 또한 극진했던 터라 더욱 애통하였다.

큰집 큰아버님의 자애로운 모습과 함께 지내왔던 지난날의 모습이 눈앞에 어른거리는 듯했다. 의주 목사에서 채직하고 돌아오실 때 나에게 다듬질한 한지를 선물로 가져 오셨다.

"이 일을 어찌할꼬."

빗줄기는 더욱 거세지기 시작했다. 졸참나무와 갈참나무, 산벚나무 잎사귀를 세차게 후려치는 비바람이 밀려왔다. 임시로 소나무 가지로 엉개엉개 지은 움막은 빗물로 질벅거렸고 옷은 빗물을 함북 먹어 옷자락이 온 몸을 휘감았다.

내일 새벽녘에 큰집 가솔들의 시신을 수습하는 일이 한시가 급한 일이었다.

빗줄기는 밤새 멎고 날이 붐하게 밝아 왔다.

유가 봉리 들판을 가로질러 용수골 애미고개를 넘어 중모마을로 가기 위해 한걸이와 매종이를 앞세우고 길을 나섰다.

곽상이를 시켜 밤에 몰래 솔레로 가서 고방에 있는 삼베와 무명 다섯 필을 준비시키고 봉개에게는 질매를 지운 소 두 바리를 끌고 오도록 하였다.

소 두 마리를 앞세우고 맏아들 이창이와 함께 가노 곽상이와 작은개와 풍난이, 매종이를 데리고 한걸이가 이끄는 길을 나섰다.

봉리들을 지나 용봉지 입구에 이르렀을 때 용수골 쪽에서 검은 갑옷을 입은 왜병이 허겁지겁 한 명이 이쪽으로 달려오고 있었다. 우리는 피할 길이 없어 용봉지 못 둑에 엎드렸지만 이미 그 놈 눈에서 벗어나질 못했다.

"참봉 어르신, 저는 신기골에 사는 허백삼올시다."

검은 왜병 복장을 한 놈이 우리말을 하는 순간 마음이 놓였다. 벌떡 일어나 보니 바깥 장터에서 자주 만났던 양인 허씨였다.

"어제 밤늦도록 왜병들이 삼삼오오로 나누어 비슬산 일대 민가를 수색하였습니다."

"닥치는 대로 잡아가고 또 뒤주간에 있는 양곡이랑 우마들을 다 몰아갔습니다."

저는 어제 낮에 집에 숨어 있다가 왜놈들에게 끌려가서 산성에 짐을 나르는 일을 맡았습니다. 판서댁 귀불이와 어린 노비아이들이 잡혀와 벌써 왜놈들의 수발을 들고 있습디다."

"소인은 새벽녘 왜군들이 산성으로 진입할 무렵 병기를 가져다주는 척하고 달아났습니다."

"그렇잖아도 음동지에 있는 동굴에 숨어있던 솔례 판서댁 곽씨 어르신 일족이 왜병들에게 들켜 차례차례로 칼에 맞아 돌아가셨다는 이야기를 전해 들었습니다."

허백삼의 이야기로는

나의 백부인 곽재훈郭再勳 어른과 그의 아들 결潔, 청淸, 형泂, 호澔 네 아들이 와우산성 산자락 아래 성말댕이 부근에 있는 토굴에 피신하고 있었다. 굴속에 피신한 조부와 백부 그리고 종질과 종질서가 가노들과 함께 며칠을 근근이 굴속에 숨어 있었으나 와우토성을 장악하기 위해 달려 온 왜장 모리 데루모토毛利輝元가 이끄는 휘하 왜병들에게 발각되었다고 한다.

구마냇골과 산지기골에서 내려오는 개울물과 유가사 방면에서 내려오는 개울물이 합수하여 왜병에게 떼죽음을 당한 사람들의 억울함을 호소하듯 콸콸거리며 낙동강 쪽으로 흘러가고 있었다.

핏물이 이미 다 씻겨내려 간 흙탕물은 숨 가쁘게 소리를 지르고 있었다.

왜병들은 선두에는 칼을 찬 병사들이 포진되었고 그 뒤로는 장창을 든 병사들이 또 그 뒤로는 화승총수가 대오를 이루고 있었고 그 선두에는 기마병이 대오를 이끌며 유가사 방면으로 다가서고 있었다. 멀리서 바라보면 마치 갈가마귀 떼같이 보이지만 가까이 다가서서 보면 질서 정연한 대오를 이루고 있다. 그들이 쓴 투구는 머리 양쪽에 뿔이 달린 검은 흑가면은 저승사자와 같은 흉측한 모습이다. 쇠로 박음한 검은 갑옷은 화살촉이 파고들지 못할 정도로 두툼해 보였다.

동굴 어귀에 이르자 개울을 타고 오르는 선도하던 왜병 몇 명이 발걸음을 죽이며 다가왔다. 해소병을 앓고 있던 조부의 기침소리를 왜병들이 들은 것이다.

나무를 하러 나간 노비와 물을 길러로 간 노비 서너 명을 제외한 큰댁의 가솔들이 왜병이 다가오자 동굴 속에 웅크려 앉아 꼼작하지 못하고 벌벌 떨고 있었다. 어떤 대항도 할 수 없는 지경이었다.

큰댁 맏손자 곽결이 벌떡 일어났다.

둘째 곽청이에게 "내가 나가서 왜병들을 음동지 방면으로 유도할 터이니 어버님을 끝까지 다치지 않도록 모셔라."

곽결이 동굴 밖으로 나더니 쏜살같이 음동지 방면으로 뛰어 갔다.

맏아들 곽결이 뛰어 나가 자신이 혼자 동굴 속에 숨어 있었노라고 말하고 왜병의 칼에 목숨을 잃었다. 이어서 내 종질과 종질서들은 차례로 죽고 마지막으로 혼자 남은 할아버지와 백부가 발각됐으나 왜병도 4형제의 효심에

감탄해 이 노인의 등에 "차인효자지부 후인물해(此人孝子之夫 後人勿害, 이 사람은 효자의 아버지이니 뒷사람은 해치지 말라)"는 글을 써 주고는 노비 몇 명을 잡아 가버렸다.

신기골에 사는 허백삼은 양리 쪽으로는 왜병이 우굴거리기 때문에 접근하는 것을 말렸다.

"곽참봉 어르신, 그쪽으로 가기에는 너무나 위험합니다."

한사코 말리는 허삼백의 말을 뿌리치고 정신없이 개울 기슭을 따라 걸었다.

조심조심 양리 동굴 부근에 이르렀다.

여기 저기 나둥그러져 있는 시신 가운데 큰댁 맏종질인 결의 얼굴 반은 어디로 잘려나갔는지 찾을 길이 없었고 시신은 바위돌 위에 사지를 뻗치고 엎어져 있다.

큰댁 형님의 시신은 개울가에 머리가 처박힌 채로 사지가 잘려나가 여기 저기 흩어져 있다. 할아버지는 등에 장창이 박힌 채로 앉은 채 꼬꾸라져 있었다.

단아하던 큰댁 종질부는 스스로 단도로 가슴을 찔러 죽었다.

두 살박이 젖먹이 귀불이 딸년은 머리통이 달아나고 없었다. 얼굴이 곱상하던 귀불이 어미는 왜적들이 낚아 갔다.

빗물에 씻겼지만 비릿한 피비린내와 살점이 썩어가는

냄새가 진동하고 있다. 피를 다 쏟아낸 퉁퉁 부어 오른 시신에는 잉잉거리는 쇠파리와 똥파리 떼가 달려들고 있다. 동굴 아래로 어제 내린 계곡의 빗물은 불어 와글거리며 쏟아지고 있다.

세상이 무슨 죄가 있어 제사를 이을 계자 하나 남기지 않고 이렇게 처참하게 몰살할 수 있는가?

소바리에 질매를 지우고 양쪽에 시신 네 구씩 싣고 산을 내려 왔다. 차마 울지 못하고 차마 슬퍼하지 못하는 가슴에 북받쳐 올라오는 서러움에 발길은 차마 떨어지지 않았다.

왜병이 짓이기고 간 길섶에는 회리바람꽃과 미나리아재비꽃의 노란 꽃빛은 이름 모를 산새들이 슬픈 울음소리 흩어내고 있다.

죽음이 멀리 있지 않다.

아무 까닭도 모르는 죽음이다.

무슨 이유로 왜적이 쳐들어와 이 땅을 이렇게 짓밟는가?

새벽안개가 풀어내는 꼬불꼬불한 산길을 맏아들 이창이와 가노들과 함께 솔례까지 올 때 동안 한 마디 말도 없이 돌아왔다.

매바위 기슭에 큰댁 식솔 모두를 임시로 가매장을 한

뒤 산길을 내려 왔다.

사대부가로서 지켜야 할 상례는 어느 한 가지도 갖출 수는 없었다. 예법에 유난히 밝았던 할아버지를 이렇게 모신다니 있을 수 없는 일이었다. 살아 계셨다면 벼락난리가 일어날 일이 아닌가?

유가사 방면으로 진군했던 왜병들을 다시 솔례 앞 바깥장터 쪽으로 집결한 뒤 바람처럼 낙동강을 건너 고령 개진 방면으로 몰려갔다.

할아버지와 큰집 형님과 종질들의 초장을 치기 위해 시급히 수의와 관을 준비해야 했다. 그날 밤 논공에 가 있는 수노 곽상이에게 배자를 썼다.

노 곽상에게

판서공과 큰댁 형님과 종질들 초장을
내일 성복하고 치전을 할 것이니
작은 조시를 시켜 치전할 안주하고
제주하고 차려
덕남이를 시켜 내일로 이리 보내게.
옷장이 금동이를 시켜 옷은 앗았는가?

44

금동이가 잡물바치로 곁없이 저리 돌아다니니

곽상이 자네가 직접 가서

금동이를 다려다가 옻을 수이 앗아라고 시키게.

옻나무

칼집을 낸지 여러 날이면 옻나무 버릴 것이니

수이 옻을 앗아라 하여 다시금

교수하게.

초 엿쇗날 상전(수결)

널판에 칠할 옻을 빨리 앗아야 하는데 옻장이 금동이 놈이 무슨 바람이 났는지 잡물바치로 청도장, 의령, 산청 장으로 떠돌아다니니 빨리 발목을 잡아 일을 시키도록 곽상이에게 배자牌子[1]를 내렸다.

아무리 전란 중이지만 초장을 위해 제물 차릴 것은 미리 준비를 해야 했다. 작은 조시에게도 배자를 내렸다.

작은 조시 보아라

---

1) 상전이 하인이나 노비에게 보내는 어떤 직무를 시킬 때에 보내는 고문서.

큰집 초장날 제사에 올릴 떡쌀은 물에 담구었는가?

제사에 쓸 술항아리를 봉하여 인편에 솔례로 보내게.

꿀은 구하지 못해 조청 고아서 산승 경단에 쓰고자 하니

내일 조청을 조이 고아 두게.

정함 가루도 고아 두게.

수영댁에게 배워서 조청 부디 조이 고아 보내게

어물은 아무것도 못 받았으니

해삼으로 볶음하고 회를 두 가지 요리하여 반찬으로

쓰도록 하게.

소금에 절인 생선 열 마리와

생꿩 다리와 돕지를 산적으로 쓰게 하고

스면(국수) 가루를 조이 내어 장만 하게.

천내에서 공받은

무명 다섯 필하고

매종이에게 삯받은 명주 네 필 반으로

복건과 망건과 단령과 직령과

과두를 만들게.

포오와 한삼과 단고와

소대와 늑백, 말, 구, 엄, 충이, 멱목, 악수 모두 하나 빠짐없이

다섯 벌을 준비하게.

안 사람들 수의로 사, 심의, 원삼, 장오자, 대, 삼자, 포오, 소삼은 전부 명주로 하고

과두와 상, 고, 단고, 말, 채혜는 무영으로 쓰게.

모두 네 벌을 만들게.

베가 모자라면 세역으로 바치자고 준비해 둔 마흔 자 무명을 베어 쓰게.

초 엿샌날 상전(수결)

큰댁 가솔들의 장례 준비를 위해 먼동이 트기 전에 포산 현청으로 나갔다.

현청 관아는 불에 타서 전소되고 창고의 곡식은 물론 서책과 문서와 서류들은 왜병들이 모두 털어가 버렸다.

사방을 둘러보니 짓뭉개져 버린 산과 들녘에는 검게 타다가 쓰러져 가는 민가와 곳곳에 흩어져 나뒹그러진 빗물이 덜 빠진 시체더미에서 썩는 냄새가 봄바람을 타고 진동을 하고 있었다.

영산 방면에서 두 마리의 말이 현청 쪽을 향해 달려오고 있었다.

현감을 지냈던 영산에 사는 동서 신초와 창녕에 사는

성율이었다.

소문은 바람보다 빨리 퍼진다더니 이미 큰집의 가솔들이 왜병들에게 떼죽음을 당했다는 소식을 듣고 이곳으로 달려 온 것이다.

"참봉 형님, 큰집이 온통 분탕을 당했다고 하던데 형님 가솔들은 괜찮으신지요."

"왜병 8번대가 또다시 부산에 상륙하여 계속 이쪽으로 올라온다고 합디다.

삼가와 의령 쪽에서는 곽 장군이 이미 의병을 모병하여 후속으로 올라오는 왜병의 길목을 차단하고 있다고 합니다."

"조금 전 의병을 모집하는 통문이 당도하였습니다."

"형님 댁에 말 치료를 잘하는 마방꾼과 불무질에 소질 있다는 하인을 의병대에 편속시켜 주시면 좋겠습니다."

"그래. 나는 우선 큰집 식속들을 매바위 기슭에 가매장한 상황이라 조만간 초장이라도 치른 뒤에 논공에 숨겨놓은 사창 곡식을 털어내어 가지고 의령에 홍의장군 형님도 만나볼 겸 갈 예정일세."

"이 전란 통에 사민이 따로 있고 하민이 어찌 따로 있겠는가?"

"관찰사 김수가 산성을 쌓는다고 그렇게 백성들을 후려 대더니 어찌 이처럼 쉽게 향청 관아나 조정이 무너질 수 있는지……. 백성들은 이렇게 곤경에 처해 떼죽음을 당해도 곳곳의 향리 수령들은 제 먼저 살려고 다 달아나 버린다고 하니 나라꼴이 어찌 이 모양인가?"

한강의 문하이자 포산 향청의 도유사인 정 진사와 홍의장군의 군기제조 담당자인 허자대 등이 한둘 씩 모여들었다. 내 동서 성율과 허자대는 이미 군마를 치료할 의병과 병기를 제조할 의병감이 포산에 있다는 것을 듣고 약속한 듯이 함께 나를 찾아 온 것이다.

"곽 장군께서 특별히 참봉 어른께 찾아뵙고 도움을 청하라는 전갈을 가지고 왔습니다."

"긴 말 하지 않아도 다 알겠네."

"큰집 초장을 우선 치루고 나서 바로 군량과 노비들을 발진해 주겠네."

"참봉 어른, 이곳 솔례는 매우 위험합니다. 지금 왜군 300여 명이 고령 개진으로 넘어가는 낙동강의 물길을 장악하기 위해 배암골에 포진해 있습니다."

"송암 김면 장군이 고령에서 왜군을 치면 그 왜적 놈들이 다시 포산으로 몰려와 매바위 산성을 점거할 가능성이 높습니다.”

"큰집 장례일을 늦추고 가솔들을 우선 화원 천내 방면으로 피신을 시키시는 것이 좋을 듯합니다.”

그런저런 약정을 한 뒤 큰댁 장사는 뒤로 미루기로 다짐하였다.

논공 집을 지키는 아버님의 걱정이 먼저 떠올랐다. 나선 길로 논공 집으로 갔다.

왜병이 논공을 스쳐지나 갔으나 큰 피해는 없었다. 다행스럽게도 아버님은 솔거노비 몇 명을 데리고 별일 없는 듯이 해소기침을 하시며

"솔례에는 별일 없제?”

갑자기 눈물이 퍽 쏟아졌다.

"아버님 큰댁에 식솔들이 왜병이 몰살당했습니다.”

"어제 새벽에 시신을 수습하여 매바위 기슭에 가매장을 하고 오는 길입니다.”

"너희 식솔들은?”

"매바위 중턱에 임시 움막을 채려 숨어 있습니다.”

아버님은 뒷짐을 진 채 낙동강 개진 포구, 붉은 햇무리를 드리우며 뉘엿뉘엿 지는 해를 바라보며 헛기침만 하신다.

"한 번 휩쓸고 지나간 왜병들이 다시 오겠나. 오늘밤 가솔들을 전부 이곳으로 다려오너라."

"죽어도 같이 죽고 살아도 같이 살자."

해는 지고 어둠살이가 논공 남리 쪽에서 차츰 묻어올 무렵 솔례로 향했다.

막개가 이끄는 비루먹은 망아지가 힘에 부치는지 재촉하는 길을 헤쳐가지 못했다. 며칠 제대로 먹이를 먹이지도 못한 탓일까? 동산밑골 못골에 당도할 때까지 여기저기 도깨비불이 바람에 휩쓸려 유성처럼 획획 스쳐지나갔다. 마을에는 풀어놓은 개떼들이 구름에 가렸다가 나타나는 달을 보고 컹컹 짖어댈 뿐 인적이 끊긴 포산 들판은 적막뿐이었다.

캄캄한 못골 매바위 산길을 오르는데 발자국 소리가 쿵쿵 울리더니 인기척이 점점 가까이 들려 왔다.

막개가 겁에 질려 내 철릭 소매 자락을 붙들고

"참봉 어른 뭔 변고가 생긴 것 같습니다."

큰 바위 돌 아래 몸을 웅크려 몸을 숨기면서 움막을 향해 바라보았다.

알아들을 수 없는 왜병들의 목소리와 다급하게 외치는 조선말이 뒤섞여 적막하던 밤공기를 갈라놓았다.

횃불이 어른거리며 비명소리와 외마디 소리가 들려오다가 다시 잠잠해졌다.

다섯 발 치 정도 앞 지척에서 검은색 군장을 한 왜병 무리가 다급하게 원당 쪽으로 하산하는 듯하였다.

다시 쥐죽은 듯 세상이 조용해졌다.

조금 전에 들리던 인기척은 훌쩍이면서 내가 있는 쪽으로 다가왔다. 분명히 맏아들 이창이의 거동이었다. 이창을 뒤따라오는 조금이와 너덧 명의 하인들이 창이를 부축해서 내려오고 있었다.

왜병이 움막을 덮쳤구나 하는 생각이 머리를 스쳐지나갔다.

"아버님."

외마디를 지르며 이창이는 나를 보자 한쪽 다리를 끌며 내 가슴에 와락 안겨들었다.

옷은 온통 피투성이고 고이는 흙으로 범벅이 되어 있었다.

가노 곽상이 산기가 있는 아내를 들쳐 안고 제일 먼저 하산 하였다. 조금이와 원심이는 핏투성이가 된 어린 정낭이를 안고 있는 것을 보니 움막에 남아 있던 나머지 식솔들이 개죽음을 당한 것이 분명하다는 생각이 스쳐

지나갔다.

수노인 원학이가 땅에 스러지면서 나뒹굴면서 울부짖었다.

"우짜면 좋을능교. 장모 어른이 왜놈 칼을 맞고 돌아갔습니더."

"이 일을 우짤까예."

이창이는 말을 더 잇지 못하고 내 앞에 쓰러졌다.

진흙탕에 피범벅이 된 움막 앞에서 두 다리와 가슴이 칼에 맞아 떡 벌어진 장모의 손을 붙들고 함께 나둥거라진 순심이는 중치막이 다 벗겨진 채 내장이 장모님의 가슴팍 위로 쏟아져 나와 있었다.

전란이 터지자 집으로 돌아 온 잡물바치를 하던 금동이는 단칼에 맞은 듯 가슴팍이 쩍 벌어져 열십자로 사지를 펼치고 죽어 있었다.

여기저기 흩어져 있는 시신을 수습할 생각도 못하고 컥컥 울다가 스러졌다. 비릿한 피 냄새에 뒤범벅이 된 장모 시신의 얼굴에 머리를 맞대었다.

하늘에는 별이 눈 내리듯 내리고 사스레피나무 잎사귀가 귀신에 홀린 듯 음산하게 흔들리며 파도가 치는 듯 바람 소리가 밀려왔다.

열아홉 먹은 이창이가 그 광경을 보다가 움막에 숨겨 둔 한도로 왜병 한 놈을 목을 베고 오른 다리의 허벅지에 칼을 맞고는 굴러서 내려왔던 것이다. 미리 숨었던 조금이와 함께 살아남은 사람은 아내와 곽상이와 원심이 조금이 등 열 명이었다.

멀리 우는 뻐꾸기 소리가 원혼을 부르듯 밤공기를 가르며 귓가를 스쳐 지나갔다.

날이 새기 전에 시신을 수습해 두고 하산을 하지 않을 수 없었다.

이창이, 다리에 맞은 칼자국의 유혈이 만만찮았다.

산치자山梔子 잎사귀를 훑어서 이창이의 다리에 동여매어 막개에게 맡겨 두고 곽상이와 원심이, 조금이와 함께 시신을 한 곳에 모았다.

움막 친 자리에 주걱과 소두뱅이로 땅을 파고 평묘를 만들었다.

새벽이 붐하게 밀려들었다.

온 몸이 핏투성이가 되었다. 동녘 하늘은 붉은 기운이 밀려왔다. 하늘의 어둠은 이미 햇살에 몸을 다 내어 주었다.

매바위 정상에서 폭포처럼 서늘한 바람이 밀려 왔다. 바람이 잠잠하게 가라앉고 다시 아무 일도 없었던 듯이 세상이 조용히 가라앉았다.

솔례 집으로 내려 왔다.

미처 거두지 못했던 두지에 하조미 20여 석과 창고에 있던 전미 80여 석, 조와 소두 등 있던 곡식은 왜병들이 몽땅 털어가고 없었다. 마구에 묶어 두었던 소와 송아지 6두, 말 4필에 양곡을 몽땅 실고 가버렸다. 사랑채에『사서삼경』과『소학』,『내훈』,『자치통감』등 서책들도 남김없이 거두어 가버렸다. 사랑방에 있던 병풍이며 서안도 다 부서져 있었다.

다시 빗줄기가 거세게 쏟아졌다.

관아를 지키며 백성을 돌보아야 할 성주는 산속으로 달아나고 관군은 전부 흩어져 버렸다.

낙동강은 논공이에서 오른쪽 매바위 산을 휘돌아 창녕과 합천 사이로 흘러간다. 낙동강이 내려다보이는 석문산성에 주둔하던 잔류 왜병이 개령으로 옮겨갔다는 소문을 들었다. 그 후에야 멀리 고령 개진포가 눈앞에 내려다보이는 양지 바른 선산 아래에 장모님과 큰집 가솔들을 임시로 초장을 마쳤다.

상례와 제례를 제대로 갖추지 못했다. 사대부가의 품

위는 이미 땅바닥에 떨어졌다. 밥은 굶어도 가례에서 지켜야 할 도리를 다해야 하는데 그러지 못했으니 조상님들에게 차마 얼굴 들지 못할 노릇이다.

낙동강 줄기가 휘돌아나가는 개진포의 밤하늘에는 초롱초롱한 별빛이 더욱 밝아온다. 아수라장이 된 솔례 집 안을 하루 종일 정리하니 밤이 이슥해졌다. 산에서 하산하자 곧 바로 풍란이를 시켜 아버지가 계시는 논공으로 모시도록 한 아내에게 편지를 썼다.

논공에서 온 회마편에 내일 아침에 풍란이 인편으로 보낼 글월이다.

풍란이가 오거늘 아버님 모시고 자네 기신 별 탈 없다고 하니 다행 다행.

이창이의 상처는 다 아물어가는가.

장모님과 죽은 순심이와 금동이 일은 다시 무슨 말을 할꼬.

사람이 아무나 죽음은 불시에 죽을 날이거니와

많고 많은 사람 중에 자기에게 그릇 만난 일이 얼마나 불쌍한가.

주인에게 불초하지 않던 노비들의 떼죽음을 생각하니

생각할수록 불쌍하네.

쌀 두어 말하고 제물 할 것 차려서 언옥이한테 주어

제 어미 보는데 가서 가장 깨끗하게 장만하여 안묘제 지내라 하소.

술도 맑은 술로 가장 좋은 술을 주어서

순심이와 금동이 안묘제 잘 지내도록 시키소.

제상이는 관도 빈 관으로 묻었다하니 상지라도 넣어주었으면 좋았을 텐데

제상이 묘제 지낼 때 면가루라도 덤뿍 주어서 국수까지 만들어 제를 하라 하소.

내가 곧 죽을 것 같으면 여기 있다고 아니 죽으며

살 것이면 거기 간다고 죽을까

자네가 날 살리고자하는 정이나

내가 자네 논공이에 두고 무슨 일이 있을까

염려하는 정이나 무엇이 다를까

이렛날 풍난이 말 몰고 올 적에 의령에 보낼 말콩 서 말과 양식 두 가마니 보네소.

오야댁 답서

아무리 몸종이지만 그토록 순종하던 순심이, 금동이,

제상이가 아내를 살리기 위해 대신 왜병의 칼을 맞고 죽었으니 얼마나 원통한가.

아직 살이 떨린다. 불어오는 밤바람에 원혼이 되살아올 듯하다.

내가 거느리는 죽은 종들은 한갓 불쌍하고 애처롭다. 행신거리나 말씨도 남다르고 헤아리는 방식도 사대부들과는 다르지만 저놈들도 배우고 깨치면 상전들과 무엇이 다를까?

죽고 나면 종들도 양반과 다른 바 없으니 안묘제사는 제물을 갖추어 지내주기를 바라는 내 마음을 누가 알 수 있을까?

년홰 죽은 그런 놀라운 일이 어디 있을꼬.
상전인 나의 아쉬움은 말하지도
못 하려니와 제 인생이 불쌍하네.
아무리 못 할 일을 시켜도
평생에 상전더러 못하겠다고 하며
낮에 궂은 빛을 드러내지 않던 종을 죽여 버렸으니
주인의 불운이야 여기서 더 큰 불운이 어디 있을꼬.
저도 불쌍하고 제 자식도 불쌍하여 하네.

건곽란이 걸리면 일정 추워한다고 더운 구들에 눕혀

옷이나 많이 덮어 그릇 다루어

죽었는가 싶으니 더욱 불쌍하네.

차라리 제가 도망이나 하여 나갔던들

이렇게 자닝한 마음이나 없을 것을

눈 앞에서 잘못하는 일 없이 다니다가

죽으니 더욱 더욱 자닝하여 하네.

제 어버이에게 쌀이나 주어서

제 묻은 데 안묘제나 하라 하소.

종으로 용한 종을 죽여 버렸으니 내 불운이 다 어쩔 수 없

는 때인가 하네.

혼자 와서 고단히 괴롭게 견디기도 오래 견디었고

불운도 다 때인가 싶으니 내가 집으로 돌아가서 비록 큰 병을

할지라도 자식들이나 보려고 하네.

스므날 정하여 갈 것이니 말을 몰 사람을 일찍 보내소.

일건이도 아팠고 성개의 자식도 아팠다 하니

자네들은 거기에 두고 나만 나왔다가 내중을

어찌 감당하라 하시는고. 혼자 살아서는 쓸데없나니

연고 말고 말을 몰 사람을 스므날에 보내소.

영산 아기집에 괴이한 일이 있다고 하니 옥진이에게

자세히 물어 내일 올 사람을 시켜 기별하소.

바빠 이만 즉일

오야댁 가서

어제 순심이와 금동이 안묘제 음복을 먹은 년홰년이 체증이 생겨 시름시름하더니 오늘 새벽에 죽었다고 아내로부터 전갈이 왔다.

연이어서 집에 자책이 끊이지 않는다.

아내가 얼마나 걱정이 심할꼬. 어버님이 해소병으로 누워 계셔서 이바지하기도 쉽지 않는데 년홰년이 급성 체증으로 또 죽었으니 얼마나 상심할까.

불무쟁이 철래

낙동강변 수양버들이 한없이 흔들리고 있다. 길섶에 콩짜개덩굴, 도깨비고비가 칡넝쿨과 함께 몸을 비비며 들판을 뒤덮고 있다. 송악과 백화등 그리고 보리밥 나무의 덩굴이 논둑에 키자람을 하는 대우콩의 허리를 비틀치고 있다.

내일이면 또 의령에 군기제조 허자대에게 보내기로 약정한 말 병 잘 고치는 김흥니마와 불무깐 일을 하던 대장꾼 철래를 의병군으로 떠나보내야 한다. 며칠 전에 김흥니마와 철래에게 배자牌子를 보냈더니 고목으로 화답이 왔다.

고목

황공하여 엎드려 문안 아뢰며 늘 마음 놓지 못합니다.

나리님 이 난리 통에 기체후 만강하신지 몰라

소인은 어르신을 삼가 간절히 사모하는 마음을 억누를 길이 없습니다.

소인은 늙은이 모양이니 복행입니다.

의병에 나가라는 나리님 분부 받자와 이행하겠습니다.

나라가 명제경각이니 못난 저

의 하민인들 목숨을 걸고

싸워야 하지 않겠습니까?

비록 부족하온 불무쟁이지만 이 난리 통에 쓰임이 있다니

영광 영광이로소이다.

아뢰올 말씀 많으나 두려워 이만 아뢰옵니다.

임진 5월 21일 소인 불무쟁이 철래 고목

임금이 의주를 피망을 갔고 나라가 존망의 위기에 처해 있어 감히 상전의 명을 거역할 수 없다는 전갈이다. 길을 떠나면 언제 어디서 죽을 지도 모르는데 상전이나 아랫 것이나 사람의 명이 무엇이 다를꼬.

망아지며 말이 잔병치례를 할 때마다 김홍니마에게 맡기면 여축없이 잘 고치지만 의병군에 군마 치료를 책임질 터이다.

천민이지만 빈틈없는, 참으로 아까운 놈이며, 철래 또한 쇠몽달이 하나면 도끼며 낫이며, 보삽이며 무엇이든지 척척 잘 만들어 내는 놈이다. 이제 떠나는 길이 하직 길인지도 모른다.

고령 쪽에서 흘러내리는 회천 물길 모둠이 학리와 객기리에 이르러서 낙동강 줄기와 몸을 섞어 큰 물줄기를 뻗어낸다. 합천 봉산리에서 객기리와 학리에 이르는 낙동강은 물굽이를 이루며 기름진 퇴적층 들판을 이루고 있다.

창녕 이방과 합천 덕곡을 잇는 율지나루는 일찍부터 덕곡과 쌍책, 초계와 강을 건너 대암, 장천 사람들이 몰려드는 큰 장시가 열리는 물풍한 지역이었다. 7~8월 큰물이 지면 봉산리와 학리 일대는 물바다를 이루었지만 큰물이 안고 온 퇴적물로 인해 종자 씨앗만 던져 놓으며 저절로 무럭무럭 잘 자라, 갖은 농산물이 여간 물풍한 지역이 아니었다.

합천 덕곡은 낙동강을 거슬러 고령으로 뱃길이 열린 두물머리이다. 임란 개전 초부터 왜병들이 노리고 있던 요충 지역이기도 했기 때문에 의병들과 잦은 전투가 벌어진 지역이다.

얼마 전 대구 달성 토성 아래쪽에 살던 화랑이 딸인 곱장다리를 한 뜨내기가 바람처럼 이곳으로 밀려왔다. 낙동강을 타고 장맛비에 떠내려온 것일까?

떠도는 말로는 걸립패를 따라 다니며 비리 짓을 하다가 걸립패 우두머리 뜬쇠 놈 발길에 차여 이곳으로 밀려왔다고 한다. 덜미에 인형을 짊어지고 절뚝거리는 산발이 흉내를 기가 막히게도 잘 한다.

나루를 건너 이방에 장시가 서면 그곳에서 나루터로 올라오는 온갖 아치들에 휩쓸려 동자아치 노릇에서 신명이 집히면 어물아치에다가 장판에 산발이 광대놀음까지 하는 얼럭광대다. 그의 이름은 '달래'라고 사람들 사이에 알려져 있다.

곱장다리로 절뚝거리며 동에 번쩍, 서에 번쩍하는 통에 포산에서 합천, 초계 멀리는 창녕, 영산 장터로 떠돌아다니는 들난 년이다.

왜란이 나고는 덕곡에는 한 장 건너 신판 나는 얼럭광대 놀음 구경하기도 힘들만큼 사람들은 전부 어디로 숨었는지 적막감이 돌 뿐이다.

비가 몹시도 내리던 칠석날이 지나고 며칠 날씨가 빡해지니 개령에 주둔하던 왜병들이 일이백 명씩 몰려와서 관아 사창이며 민가에 곡식과 우마를 약탈해 갔다.

어둠이 잦아지고 달빛이 뿌옇게 흩어지는 나루 건너 낙동강 절벽에는 치렁치렁 화랑이 옷과 탈 바가치들이 흉측하게 걸리고 쩔뚝거리며 강변 모래사장에 사자탈 인형을 목덜미에 걸머진 채 덕수를 넘고 괴성을 질러대는 괴이한 일이 종종 벌어졌다.

왜병들이 이 모습을 보고는 혼비백산해서 달아났다.

곽상이와 막딸이는 우마에 전촉과 세 바리와 양곡 두 가마니를 싣고 초계 사창에 제일 먼저 당도하였다. 합천의 물길과 합수하여 굽이굽이 몸을 꼬아 낙동강으로 물머리를 잇는 황강 초계나루로 나갔다.

지난 장마로 부풀러 오른 물길을 낙동강 방면으로 힘차게 쏟아내고 있었다.

내암 정인홍 장군과 송암 김면 장군이 7월 10일 합천에서 초계 향청에 먼저 당도했다.

예를 갖추어 내암과 송암에게 인사를 드렸다.

"곽공, 듣건 데 의병을 위해 그대 공이 매우 크다고 듣고 있습니다."

"곽공이 만든 연로가 산성전투에서 그 위력이 대단하다고 칭송들이 많습디다."

존재 곽준, 모헌 하혼, 화음 권양이 말을 타고 어스름한 밤길을 연이어 달려왔다. 곽 장군의 휘하 의병인 초계에 이대기, 전우 그리고 의령의 이운기, 성재 곽근도 차례로 모였다.

선봉장으로 배맹신이 수병장에 오운과 이운장이 중심이 되어 덕곡 율지나루로 도하하는 왜병들을 치기 위한 매복 작전 계획을 위해 머리를 맞댄 지 긴 시간이 흘렀다.

어디서 들려오는지 구슬지고 처량한 목소리가 밤공기를 흔들면서 향청 쪽으로 들여왔다.

"여보 세상 사람들아"

"나라님은 왜병에 쫓겨 의주로 몽진가고"

"성주님은 말 타고 어디로 가버렸나"

"갓도 쓰지 않은 양반님 네들"

"산 속으로 풀숲으로 숨어들고"

"비렁뱅이 화민들은 왜병 칼날에 짓이겨진다."

노랫가락이 밤공기를 타고 점점 가까이 들렸다.

한참 노랫가락에 귀 기울이고 있던 내암이

"이보게 이 무슨 소린가?"

향청 앞 들녘 쪽으로 노랫소리가 흩어지듯 하더니 사자탈에 붉은색 철릭을 매단 대나무 장대를 휘두르며 쏜살같이 지나갔다.

"내암, 목소리를 들어 보니 아마도 저기 달성에서 떠돌아다니던 광인인 '달래'라는 년 같습니다."

"지난번 덕곡에 나타났던 왜병들이 저 달래가 낙동강 절벽에 치렁치렁하게 화랭이 옷과 탈 바가치들을 흉측하게 걸어놓고 사자탈 인형을 목덜미에 걸머진 채 덕수를 넘고 괴성을 질러대자 놀라서 줄행랑을 쳤다고 합니다."

"무슨 한이 있어도 크게 있는 모양이니 향청으로 들라고 하시지."

내암은 눈을 지그시 감으며 수찰을 하는 의병에게 달래를 데려오라고 지시를 하자 달래가 잠시 후 절뚝거리며 발버둥을 치며 의병에게 끌려왔다. 내암은 달래를 향한 날카로운 눈길은 늦추지 않고 찬찬히 뜯어보고 있다.

현풍 현감을 지냈던 곽준이 이미 달래 소문을 들어 잘 알고 있는 듯이

"조금 전에 자네 부르던 노래 가락에 깊은 사연이 있는 듯하네."

말이 끝나기도 전에 달래는 넙죽이 엎드리면서

"왜적들에게 힘 한 번 쓰지도 못한 채 이렇게 고을이 참담히 무너지는 꼴을 보니 하도 원통하고 참담하여 나오는 대로 씨불이는(지끄리는) 가락입니다."

"올바른 선비가 있다면 칼을 베고 누울 날이 왔지요."

"저 비록 대구 달성 아래에 사는 비천한 화랑이 소생 몸이지만 한 번 죽음으로서 나라에 보답할 일 있으면 의병에 뛰어들어 왜적들과 싸우고 싶습니다."

군관 조사남이 장난기 어리게

"듣자니 소문에는 동에 번쩍 서에 번쩍 비호처럼 날라다니며, 덕수도 잘 넘는다고 그러던데 어디 이 삼지도로 칼을 한 번 써 보아라"라며 차고 있던 삼지도를 마당에 훌쩍 던졌다.

던져 준 삼지도를 땅에 떨어지기 전에 비호처럼 낚아채고는 춤을 추듯이 칼을 휘둘러댔다. 장정도 힘에 부칠 무게의 칼을 마치 부채를 부치듯 신명나게 휘둘렀다.

"나라를 삼키려 덤벼든 왜적을 물리치고 하늘을 받들고 해를 씻는 의병으로 이끌어 주옵소서."

"장시 마당을 돌아다니며 익힌 무예와 사자무의 탈을 활용하여 왜적을 쳐부수겠습니다."

그동안 침묵만 지키고 있던 내암 선생이 큰 기침을 한

번 하며 두리번 주위를 살피더니

"곽공 저 애에게 남장을 시키고 매복전에 저 사자탈과 무복을 여러 벌 만들어 곳곳에 내다걸어 교란전을 시도해 봅시다."

"성주와 개령, 그리고 초계 방면에 왜적이 날로 늘어나는데 자칫 시간을 늦추어 기회를 잃으면 어려운 상황이 될 겁니다."

"원컨대 제군들은 기병유사를 정하여 힘을 합쳐 기회를 잃지 않도록 해야 할 것입니다."

합천의 의병 400명과 고령과 성주 의병 600여 명, 영산 창녕 의병 400여 명이 낙동강을 좌우로 3열로 50보마다 매복진을 쳤다.

주력 부대는 초계에서 황강과 낙동강이 만나는 미곡리 일대와 오서와 죽고리 고개에 이기대와 전우가 선봉장이 되어 왜병이 쳐 밀고 올 경로에 곳곳에 죽책과 말밤쇠를 깔아 두고 길섶에는 곳곳에 사자탈과 가면을 쓴 오방색 옷을 걸어두었다.

달래가 회천을 타고 내려오던 두 명의 왜병의 머리를 단칼로 낚아채었다. 피물이 뚝뚝 듣는 왜병의 머리를 삼지도에 꽂은 채 군마를 타고 비호처럼 낙동강 줄기를 타고 초계 방면으로 내달렸다.

바람이 일고 있었다.

덕진 마을은 쥐죽은 듯 고요했다.

어둠과 짙은 밤안개가 자욱한 성곽으로 돌격부대가 다가가자 화승총 일제사격이 시작되었다. 네 조로 나누어진 붉은 악마의 옷을 입은 조총 사수들의 총공격에 성곽으로 돌진하던 의병들은 바람에 휩쓸리듯 쓰러졌다.

원격 거리에 있는 의병들을 지원 사격하기 위해 후장포를 쏘아댔다.

매복진을 치고 있던 의병들은 왜적의 일시 공격에 두려움과 공포에 휩싸여 스물스물 퇴각하기 시작하였다.

쥐죽은 듯 고요하던 덕진 마을은 잠시 동안 불야성을 이루는 듯 총알과 화살이 비 오듯 교차되더니 다시 침묵 속으로 가라앉았다.

왜병들은 성주 읍성 안에 또 다른 토성의 누대를 쌓아 올려 읍성 부근으로 접근하는 의병들을 여러 곳에서 여러 각도에서 공격할 수 있도록 해 두었을 뿐만 아니라 원격 지원사격이 가능하도록 목조로 만든 높은 망루를 설치해 두었다.

"아이고, 저 달래가 꼭 홍이 장군하고 꼭 같데이."

며칠 사이에 강 우측 의병들 사이에 달래 이야기가 입에서 입으로 번지면서

"곱장다리 화랭이보다 우리가 못해서 되겠느냐, 목숨을 바쳐 의기를 떨칠 기회다"라고 의병들이 웅성거리기 시작하였다.

피로에 지치고 굶주렸던 의병 군졸들이 곱장다리 달래가 나타난 이후 배고픔과 피로를 잊어버린 듯 하나의 무리로 뭉쳐져 갔다.

목덜미에 건 사자탈과 오방색 옷을 걸치고 절뚝거리며 춤도 추고, 왜란을 피해 달아나 난 양반님네 욕도 하고, 왜병에 끌려가 알랑거리는 놈을 잡아먹는 달래의 이야기는 계속되었다. 바람처럼 그녀의 소문은 퍼져 나갔다.

어디에서 그런 힘이 나오는지 돌격대 앞장에 서서 닥치는 대로 왜적의 모가지를 거두어 들였다.

머리를 뒤로 거두어 상투를 지른 봉두난발이었던 달래의 얼굴은 완전히 딴 사람이었다. 반듯한 콧대와 유난히 깊고 큰 눈과 갸름한 연약한 모습이다. 그러나 전투가 붙으면 왜병들의 머리를 밟으며 그 위로 날아다니는 듯 용맹스러웠다.

달래는 대구 달성 토성 아랫자락 움막집에서 화랭이

딸로 태어났다. 그의 어미는 누구인지 모른다고 한다.

본리동에 세거하는 우씨 댁 종살이를 하면서 왜란이 나자 어물바치로 떠돌다가 장시 판에 몰려드는 놋갓바치나, 시겟바치 사이에서는 달래가 '계명워리'라고 조롱하였다. 눈만 맞추면 잠자리를 털 수 있는 허튼계집으로도 알려져 있다.

그러던 달래가 전혀 다른 사람이 되었다. 여자 의명 전사가 태어난 것이다.

낙동강 강줄기를 타고 남장여자 의병 달래의 이야기는 바람결처럼 퍼져 나갔다.

하늘개

포산 소례 마을은 아래 각단과 위 각단으로 마을이 펼쳐져 있는데 어깨가 처진 큰댁의 골기와 집과 돌담으로 이어진 큰댁과 작은댁, 그리고 내가 사는 집이 닥지닥지 붙어 있다. 북으로는 매바위가 병풍처럼 둘러있고 동쪽 날마리와 들 한가운데 야트막한 언덕인 신마산이 섬처럼 들어서있다.

왜란이 일어나기 전만 해도 용두산 끝자락인 신마산 아래에는 바깥 장터가 서던 곳이다. 초엿새 날이 되면 낙동강으로 거슬러 올라온 온갖 방물바치, 어물바치, 불무쟁이, 죽물바치가 몰려와서 제법 성시를 이루는 곳이었다.

신기리와 가천 들판 건너 가태리 큰댁 쪽에서 뿐만 아니라 한훤당 김굉필 선생의 후손들이 살고 있는 못골, 사당골 사람들까지도 바깥 장터를 찾아왔다. 왜병들이 두서너 차례 휩쓸고 간 이후에는 장도 서지 않고 포산 들판 다랑논에는 묵전이 태반이고 간간히 모내기를 한 논도 왜병들의 말발굽에 짓이겨져 무성하게 자란 잡풀만 바람이 휘몰리고 있다.

집 앞 논 두벌 논매기를 끝낸 새파란 벼 잎사귀 사이로 번져가는 물안개가 바람을 타고 이리저리 몰려다니다가 내 가까이 다서서면 자취 없이 증발해 버린다. 포산 들판에는 물안개보다 더 짙은 어두운 구름이 서서히 몰려오고 있다.

동녘에 해 뜰 무렵이면 자취도 남기지 않고 소멸할 원근의 구도로 그려내는 물안개는 몰려오는 서풍 바람에 아직 펄펄 날리고 있다. 새벽을 일깨우는 동박새 소리가 동녘의 아침 햇살에 쫓기는 희끄무레한 어둠을 찢어 내리고 있다.

얼레지며 괭이눈 잎사귀에 드리운 이슬방울이 바짓가랑이에 달라붙는다. 논 물꼬를 터니 물길은 갑자기 아우성을 치며 새벽의 적막을 흔들어 댄다.

아직 거두지 않은 가을 보리밭, 곳곳에 불에 타다 남은 잿더미 사이로 묵정밭에 웃자람을 한 들풀이 춤을 추며 이리저리로 쏠리고 들판을 쓰다듬듯이 날아오르는 멧새 한 마리가 한 점이 되어 허공에서 사라진다.

매죽골에서 금호강과 낙동강이 합수하여 논공 쪽에서 오산리에서 매바위를 휘감아 개진 나루를 거쳐 배암골과 지스마골과 신당들의 목을 적시며 덕곡으로 휘감아서 유유히 흘러간다.

인시 무렵에 멀리 검은 흑단을 깔아놓은 듯한 낙동강 강둑으로 짧은 꼬리를 드리우며 하늘에서 우박처럼 쏟아지던 하늘개가 눈 깜짝할 사이 다시 칠흑 같은 매바위 산기슭의 윤곽으로 되돌려 준다. 차츰 훤히 열리는 동녘 하늘에는 아직 빛을 잃지 않은 별들이 남아 있다. 시간의 흐름을 묘하게 그려내는 서로 다른 공간의 별들이 수군거리며 나에게 다가오는 것 같았다.

어제 저녁 고령의 의병장 김면 장군의 휘하 의병 군관 만호 황응남이 매바위 산기슭으로 매복진을 치면서 양식거리와 찬거리를 조달해 달라고 연락이 왔다. 나는 태복이를 시켜 소바리 질매에 맵쌀 서 말과 덤북장과 마늘

꼬갱이 몇 단을 보냈다.

배암골 능선을 타고 한참 오르면 석문산성이 있다. 석문산성은 낙동강을 따라 퇴적층을 이루고 있는 강 건너 고령 개진을 이어주는 물머리를 지켜주는 천연의 요새이다.

그날따라 유성이 유달리 낙동강 줄기를 타고 비 오듯이 쏟아져 내렸다. 하늘개를 천구天狗라고 하는데 이 하늘개가 떨어지는 날은 하늘의 개가 이 땅으로 내려와 인간 세상을 약탈하여 배를 채우는 불길한 조짐이 있는 날이라고 한다.

왜병 1번대와 2번대는 이미 한양을 침탈하고 임금은 북으로 몽진을 떠났다. 밀양, 초계, 단성, 포산 이 일대는 이미 두 차례에 걸쳐 왜적의 무리가 멧돼지 무리처럼 휩쓸고 갔다.

동이 터 오르자 매바위 뒷산에 흰 연기가 소물거리며 피어오르더니 물안개 퍼지듯 금방 자취를 감추었다. 문전 행랑채 막개가 소죽을 끓일 때인데 기척도 없어 사랑채 뜰에서 큰 기침을 캑캑 내뱉고 나니 가슴이 후련해진 느낌이었다. 습도가 끈끈한 아침 공기, 가슴으로 밀려드니 훨씬 상쾌했다. 내 기침 소리를 들은 막개 놈이 행전도 차지 않고 바짓가랑이를 펄럭이면서 불이 나게 볏단을 안고 여물을 숭닥쿵닥 썰기 시작하였다.

여느 때 같으면 동리 앞 초계 댁이나 질레 댁에 아침 짓는 연기가 피어날 무렵인데 온 동리가 쥐죽은 듯 고요하다.

"보래, 막개야. 오늘 와 이래 온 동래가 조용하노? 또 뭔 큰 일이 생길 모양이다."

"성주와 개령 쪽에 진을 치고 있는 왜병이 다시 이곳으로 덮칠 모양이제."

"몰시더. 소인은 어제 초저녁에 자는 바람에……."

"그런데 막개 놈이 어디서 들었는지 모르지만 오늘 왜놈들하고 한 판 붙는다카는 이야기는 들었심더."

"잠이 안와서 인시쯤 일나보이 저 낙동강 강둑에 하늘개가 짧은 꼬리를 하늘로 치켜세우며 엄청스럽게 쏟아져 내리는 거 보이, 머 큰일이 날란갑다."

"다시 피신을 가야 되는 거 아이가?"

"어른 나리 너무 걱정하지 마이소. 저 영산에서부텀 이쪽, 포산 쪽으로 홍장군의 수하가 쫙 갈려 있고 고령 방면으로는 김면 장군의 수하 의병들이 진을 치고 있으니 걱정 안 해도 될 낍니다."

사랑채로 향하면서 하늘을 쳐다보았다. 새벽녘 귀한 쌀낱처럼 쏟아지는 하늘개의 흔적이 뇌리에 생생하게 번지고 있다.

담뱃대를 물고 부싯돌에 불을 댕기며 불현듯 어제 밤 늦게 밀쳐놓았던 논공 아버님이 회마편으로 보낸 편지를 읽었다.

요사이 왜적들이 저리도 날래며 설치니
포산 사창 객사 관아는 불에 타 전소되고
향청은 불에 타다 남았다하니 다행이다.
앞 일이 어쩔꼬 분별 몰라 하네.
나는 땀이 매일 온 몸에 그친 적 없이 나니
마음이 물에 흠뻑 젖은 듯 늘어지고
온 몸이 아니 찬데 없으니 민망하네.
유월 초아흐렛날은 시악대패 날이거늘
또 하늘개가 땅에 내려오는 날이니 무슨 연고가 생길지
영산과 초계에 몰려 있는 왜적이 다시
이리로 몰려 올 듯하니
밤낮 조심하여라.
일이 잦아지면 열이렛날 내려 갈 것이니

내가 탈 말 두 필하고 아이가 탈

말하고 일찍 논공으로 몰아 보내라.

종들이 말을 몰아 올 때 맑은 술 두 두룸하고

소안주 한 당기새기만 보래라.

정 대장이 고생이 너무 많으니

나도 갈 때 정 대장과 술이나 나누어 먹고 가려 하네.

하늘개 내려오는 초 아흐렛날 무슨 변고가 생길지

걱정이다.

바빠 이만.

솔례 아비께

책력으로 일진을 짚어보고 걱정이 되어 아버님이 나에게 보낸 편지이다.

아버님께서 해소병이 덧나지 않을 까 걱정이다. 아침 잠자리 요와 이불에 땀이 흠뻑 젖은 적이 하루 이틀이 아닌 것을 보면 몸이 많이 쇄하신 것 같아 죄스럽다.

매바위로 숨어들어 간 의병 군관들은 하루 동안 아무 기척도 없었다. 석문산성에서 진을 치고 낙동강을 거슬러 오르내리는 왜병들과 개진 쪽에서 넘어오는 왜병을 치기 위해 며칠 전부터 여수골 쪽으로 의병들이 여러 무리를 지어 넘어갔다.

저녁 무렵 밥 짓는 연기도 피어오르지 않는 걸 보니 아마 산을 타고 도동골 쪽으로 넘어간 모양이다.

온 동네는 너무나 고요 적적하였다.

금개 년의 딸년인 정양이의 머리에 난 소버짐과 지난 난리통에 다친 헐미를 치료해 주느라 싱강이하며 오후 나절을 다 보냈다. 비록 노비의 딸이지만 사람의 명을 타고 난 년이다. 초롱초롱한 눈망울에 맺힌 눈물이 애절하기 이를 데 없다.

다시 밤이 잦아들며 캄캄한 어둠은 멀리 도나루 건쳐 낙동강 줄기 따라 어둠의 명암차이로 하늘의 별빛은 더욱 밝아 보였다.

논공이에 있는 아내는 어떻게 지내는지 궁금하여 유무나 한 쪽지 쓸 양으로 소나무 괭이불을 댕기고 붓을 들었다.

요사이 농사일이 밀려 아버님 모시고 어찌 계신고?
기별 몰라 걱정하네.
정양이 머리는 좀 낫네마는 난리통에 아버님과 자네 걱정으로 잠도 거르네.

  아버님이 내일이나 모레 솔례로 오시려 하니

  내일 쯤 날 밝으면 거기로 갈 양이니

  음식 장만 해두소. 아명이 어미더러 산꿩 있거든 장만해 두소,

  왜병들이 이리 설치니

  밤에는 절대로 나다니지 말고 아랫 것들도 못 다니게 하소.

  곳곳에 죽은 송장 썩어가니

  역병이 어찌 천지에 번지질 않겠소.

  여례에 의망이 아들이 홍역으로 죽었다고 하니

  석이더러 절대로 여례 쪽으로 다니지 못하게 하소.

  아버님 가시더라도 그 이야기를 절대로 하지 마소,

  아버지 아시면 심란해 하실 터니.

  아이들 함부로 행동하지 마라라고 이르소.

  가서 소례

  오랜만에 아내가 있는 논공이로 왔다.

  캄캄하던 하늘이 짙어지고 하늘에 총총 별들이 더욱
밝은 것을 보니 축시가 다 된 것 같았다. 눈을 감자 갑자
기 낙동강 나룻 쪽에서 하늘의 별들이 꼬리를 드리고 비

가 쏟아지듯 내리고 있다.

화승총 소리가 탕탕 나며 활의 시위 당기는 소리가 뒤엉켜 밤하늘을 뒤 흔들고 있다. 이게 뭔 일인고? 아버님이 예견한 대로 낙동강 나루터 부근으로 하늘개가 쏟아져 내렸다.

하늘개는 짧은 꼬리를 드리우면서 산화하는 명이 지독히 짧은 별이지만 인간이 만드는 그 어떤 역사에서도 언급할 수 없는 당당한 짧은 명을 지닌 별들의 신화일까?

"참봉 어르신, 뭔 일이 난 모양이네요."

막개가 사랑채로 건너와 내 방문 앞에서 몸을 웅크리고 겁에 질린 채 방문을 흔들고 있었다.

9진으로 나누어진 왜군 18만 명 가운데 제1진을 이끈 고니시 유키나가小西行長와 대마도주 요시토宗義智는 동래성을 함락하고 영산을 거쳐 창녕을 휩쓸고 이곳 포산을 짓밟고 간 것이 지난 4월 20일 경이었는데 득달같이 한양을 거쳐 6월 15일 대동강을 거쳐 평양성을 함락시켰다고 한다.

메뚜기 떼들이 몰려오는 듯 수만 명의 왜병이 휩쓸고 지난 곳의 백성들은 풀과 숲으로 달아나 온 동리나 고을은 깊은 잠에 빠진 듯 고요했다.

경상좌도 감사 김수가 거창으로 몸을 숨길 무렵 내 종형 홍의장군 곽재우 장군이 가천 들판 건너편 가태에 있는 큰댁을 들렀다가 선대 묘소의 분묘를 평토로 만들고 나를 불러 당부하기를

"주야 너는 집안에 남아 문중을 지키고 있어라. 천내에 있는 하인들과 논공에 있는 선공노비들 가운데 용력이 있는 아이들을 뽑아 의병으로 차출하도록 해라."

"그리고 내가 사람을 보낼 터이니 창곡의 곡식과 말도 몇 필 보내다오."

"나라가 이 지경이 되었는데 각 고을의 성주들이 먼저 다 달아나고 없으니 사민들이라도 먼저 저 왜병을 막는데 앞장서는 것이 나라를 지키는 책무가 아니겠느냐."

"내가 선조들의 묘 분을 평토로 만든 것은 죽은 조상이 욕되지 않게 하고 또 왜병들이 이곳을 쳐들어와 분탕질 하는 것을 막고 내 혈육을 몰살시키는 것을 미리 막기 위함이니 선조들의 영혼인들 이 적막한 사정을 어찌 헤아리지 않겠느냐?"

"큰집 작은집 제사를 결하지 말고 주, 너가 주관하도록 하여라. 모든 문중 일은 너에게 맡기니 한 치도 소홀함이 없도록 봉행하라."

곽 장군은 시간을 지체하지 않고 저녁노을이 서쪽하늘에 잠길 무렵 용마의 말고삐를 당기며 유가 방면으로 바람처럼 사라졌다. 의병 저항이 가장 거센 경상도 지역을 도요토미 히데요시는 '시로쿠니白國'라 불렀다. 도요토미의 가신인 가토 가요마사加藤淸正를 2진으로 출정시키면서 부산진에서 공수되는 병기와 식량의 보급 통로인 경상좌도 지역을 초토화하도록 명을 내렸다.

이를 대비한 의령의 곽 장군은 격문을 발하여 곳곳에 백성들의 창의를 격려하였다.

왜적들이 육로로 건너와 우리의 성지를 공격하여 함락하고
우리 백성을 도륙하여 동서로 공격하기를 마치 무인지경에
들어가는 듯합니다.
그럼에도 67개 고을 가운데 일찍이 한 사람도 창의해서
병사를 일으켜 나라가 당하고 있는 수치를 설욕하려는 이
가 없으니
가만히 앉아서 경상도가 적의 수중에 들어가도록 한다면
종묘의 사직은 매우 위태로울 것입니다.
바른 기운은 땅에서 휩쓸려 나가고
산하가 수치를 품고 있습니다.

무릇 혈기 있는 사람이면 누군들 분통하지 않겠습니까?

저는 이러한 적들과 결코 같은 하늘 아래에 살지 않겠다고 맹세했습니다.

성주가 달아나 이미 괴멸된 고을의

나머지 병력은 이미 빈손으로 왜적의 날카로운 칼날을 무릅쓰게

되었으니 홀로 원통해 하며 개탄할 뿐입니다.

족하께서는 여염에서 떨쳐 일어나

적선을 섬멸하여 도탄에 빠진 백성을 구제하고

위로는 군부의 원수를 갚고 아래로는 충효로

나라에 충성하는 일보다 통쾌한 일이 어디 있겠습니까?

살아서는 충의의 선비가 되고 죽어서는 충의의 귀신이 되기를

족하께서는 힘쓰시기 바랍니다.

함양에 노사상, 박손과 안음에 정유명, 삼가에 노흠, 박사제, 의령에 곽재우가 창의를 결성하여 왜군의 수비 방략으로 도모하기에 이르렀다.

또한 학봉 김성일이 경상초유사로 합천에 내려오면서 정인홍, 고령의 김면이 모여 의병궐기를 다짐하고 노지

부, 곽준, 하혼, 권양이 모여 선비들의 의기를 모아 창의의 결연한 의지를 다짐하였다. 그러나 의병을 다룰 병졸도 군기도 양식도 턱없이 부족한 상황이었다.

왜장 모리 데리모토毛利輝元는 5월 10일 경 현풍을 다시 휩쓸고 18일에는 성주 초계를 거쳐, 개령을 점거했다는 소문이 파다했다.

왜병이 두 차례나 휩쓸고 간 낙동강 연안 지역 군현의 창고는 거의 대부분 약탈당하고 인가와 들판의 봄보리밭은 화염에 휩싸여 적막함만 더해가고 있었다. 사민들은 피난 가기에 급급했고 하민들은 산으로 나무 사이로 숨어들어 연명을 도모하기에 급하니 관아는 물론이고 민가와 들판은 텅텅 비었다.

경상우도 초유사 학봉 김성일이 각 고을로 통문을 보내어 경상도 의병 창의를 독려한 바,

안음에 정유명, 성팽년,

함양에 노사상, 노사예, 박선이,

산음에 오형, 오장, 임응빙이

단성은 이노, 김경한, 이유함이

삼가에는 노흠, 이흘, 박사재가

의령은 이운기, 곽재우, 곽근이

초계에는 이대기와 전운이 창의했다는 소문이 바람처럼 전해졌다. 산으로 숨어들기에 바빴던 사민들이 서서히 일어나기 시작하였다.

6월 초하루 이미 왕은 의주로 몽진을 갔으나 왜군 1진 선봉장인 고니시 유키나가와 대마도주 요시토는 함경도까지 장악했고 중국 공략을 위한 전지를 구축하는 상황이었다.

곽 장군의 휘하에 노사예와 노사상이 도유사를 맡고 의병들 운용을 위한 서기, 군기, 군량, 최군, 전마, 운향 등의 임무를 배정하였는데 특히 군수물자 보급을 담당한 정순과 노경성의 휘하 의병들이 며칠 전 포산으로 와서 나를 찾았다.

화원 천래로부터 거두어들인 선물과 곡식들을 남김없이 소바리에 실어 보낸 그 다음날 다시 의병 병기를 담당한 강군망이 찾아왔다.

전마와 군마를 비롯한 철촉을 만들기 위해 필요한 철재 솥은 몽땅 거두어 두 바리를 실어 보냈다.

며칠 전 소례 뒤 매바위로 숨어들은 황응남은 바로 고령의 의병장 김면의 휘하 의병들이다. 왕실을 침탈하여 노획한 금은보화와 안택선(아타케부네)에 실어서 6월 9

일 경 낙동강을 따라 남진하고 있었다는 정보를 입수하였다. 매바위 뒷산에 쥐죽은 듯 3일 동안 매복해 있다가 그날 새벽 묘시 경, 왜선이 포산 낙동강을 따라 내려오고 있다는 통문을 받은 의병 군관인 만호 황응남이 정예병 30여 명을 거느리고 적선이 가까이 다가오자 낙동강 양 강안에서 총공격을 시작했다.

무라카미 가문의 해적선으로 사용하던 선박인 안택선은 80여 명이 노를 젓고 60여 명의 선원이 승선할 수 있다. 배의 돛에는 무라카미 가문을 상징하는 '上'이라는 붉은 글씨가 선명하게 새겨져 있다. 이 안택선을 활용하여 낙동강을 오르내리며 각종 군수 보급품을 전달하거나 조선에서 노획한 전리품을 실어 나르고 있었다.

밤공기를 가르는 활시위 소리가 나뭇잎사귀를 흔들고 풀벌레 소리와 어우러진 사이사이 탕 탕 탕 왜병의 화승총소리가 적막한 밤하늘을 뒤흔들고 있었다.

왜선을 타고 남하하던 80여 명의 왜병과 납치한 한양의 기녀들 5~6명이 어둠속에서 낙동강을 유유히 내려오다가 갑작스런 의병의 총공격을 받은 것이다.

매바위 정상에 올라보니 멀리 혼전을 벌이고 있는 개진나루 부근은 불야성을 이루고 있었다. 반딧불이의 불빛 같은 하늘개가 비 내리듯이 의병들은 일시에 활을 쏘아댔다.

안택선에 타고 낙동강을 내려오던 왜병 80여 명을 이끌던 왜장은 납치한 한양 기녀 5~6명과 술에 만취된 상태에서 갑자기 바람처럼 밀어닥친 의병 무리의 공격에 무너져 2~3명만 살아남았다. 왜병들은 황금색 갑옷을 입고 투구에는 황금색 조개로 장식되어 있는 것을 보면 해적질을 일삼던 다이라 가문 출신의 왜적이었다. 이들은 이젠 해적이 아니라 수송선과 전함을 이끌고 용맹스러운 전사로 참전한 것이다.

아침이 밝아오자 의병 몇 명이 달려 왔다. 뒤처리를 하도록 남노들 수십 명을 발진하라는 전갈이었다.

집안에 데리고 있던 곽상이를 시켜 봉개, 작은개, 풍난이, 매종이 등을 전투가 끝난 개진나루 쪽으로 딸려 보냈다.

오시를 지나 곽상이와 가노들이 집으로 돌아왔다.

"죽은 왜병들 시체를 강둑에서 불로 사르고 이제 뒷정리가 어느 정도 된 것 같아서 저는 먼저 왔습니다. 아무래도 집에 양식이 다 떨어졌으니 천래에 가서 공물이라도 좀 받아와야 될 것 같아서……"

곽상이의 말이 떨어지기도 전에 나는 곽상이가 무엇을 걱정하고 있는지 짐작이 갔다.

　아무리 부리는 노비이지만 상전보다 집안일에 대해 먼저 걱정하고 일처리의 앞과 뒤를 헤아릴 줄 아는 그놈이 참 기특하다는 생각이 들었다.

　"그래 어떻더노?"

　"어르신 말도 마이소. 안택선에는 포모와 비단이 5십 수레나 되고요 궁궐의 대왕대비나 희빈들이 머리에 꽂는 어휘잠御諱簪과 화관뿐만 아니라 평생 보지 못한 의복과 비단이 여러 수레나 됩디다.

　그리고 고급스럽게 장책된 판적(서적)과 서화가 수두룩합디다."

　"백성들은 짐승처럼 살고 있는 이런 난리판에 조정의 관리들은 탐욕으로 백성의 고혈을 짜내 조정의 관아 창고에는 금은보화가 가득 차고 넘쳐나니, 천만세를 지나도록 뽑히지 않을 보배로 여겼을 텐데, 하루아침에 왜적의 분탕질로 남김없이 불태워지고 약탈당하고 있으니 이 나라가 앞으로 어떻게 되겠습니까?"

　"그놈들 돈도 안 되는 남의 나라 서책을 와 그래 많이 훔쳐 갈라카는지 모르겠습디다."

"곽상아, 왜놈들 하고 우리는 근본이 전혀 다르다. 이번에 난을 일으킨 도요토미 히데요시豊臣秀吉는 오다 노부나가織田信長 밑에 있다가 혼노지本能寺에서 아케치 미츠히데明智光秀에게 변을 당하자 권력을 장악하여 관백이 되었다. 앞으로 조선뿐만 아니라 중국까지 잡아먹으려고 이 환란을 벌인 것이다."

"그놈의 나라에는 사무라이라고 하는 칼잡이가 득실거리니. 유학의 도를 어찌 알며 인륜의 도를 어찌 지키겠나. 성리학의 이기의 원리는 어찌 알겠나? 그러니까 조선의 궁중의 온갖 문서와 서책이 탐이 나지 않겠나?"

겁에 질려 있던 아이들과 종년들이 어느새 모여 들어 나와 곽상이를 둘러쌓고 해맑은 눈빛으로 나를 바라보고 서 있다. 머리에 종기가 난 정양이도 좀 덜 아픈지 앞 옷자락을 두 손으로 움켜잡고 쳐다보고 있다.

삼복이 가까워 가는데 아직 지난겨울 핫옷이 곳곳이 헤어지고 누렇게 그림처럼 얼룩진 옷을 입고 있는 모습을 보니 갑자기 애처롭다는 생각이 들었다. 씻지 않은 얼굴의 얼룩이나 옷의 얼룩이나 매 마찬가지다.

"연홰야, 저 아이들 옷을 여름사리로 갈아입히도록 길쌈을 좀 부지런히 해야 되겠다. 너 혼자 힘이 들면 금심이도 함께 일손을 거들어 삼베옷을 지어 입히도록 해라. 지난 해 입던 옷은 없는가?"

"어르신, 지난 해 입던 옷은 다 헤어져 입을 수가 없어서 벌써 석세삼베를 네 필 짜 놓았습니다. 적은 조시를 시켜 도령님과 액씨님 입을 옷을 먼저 짓도록 하겠습니다."

"삼베 끝달이가 남으면 저년들도 옷을 해 입히도록 하겠습니다."

오후 중참 무렵 개진나루에 나갔던 봉개, 쟈근개, 풍난이, 매종이가 돌아왔다. 그날 저녁은 오랜만에 평온한 밤이 되었다.

집안 전래 분깃으로 내려온 전답이 소례에 20여 두락이 되고 논공에 30여 두락이 된다. 논공 전답은 봉제사 조로 분급 받은 것이어서 아직 아버지가 전장 관리를 하고 있다.

포산에서 논공을 거쳐 유가를 지나서 화원에 30여 두락의 분급 받은 것도 있지만 반 정도는 매득한 전답이다. 화원들에 있는 전답은 천내에 있는 외거노비에게 맡겨 납세 공물로 전장을 관리하고 있다.

두 차례에 걸친 왜병들이 휩쓸고 간 들녘은 지난 해

가을보리도 제대로 거두지 못하고 금년 봄 모심기도 거의 손을 놓고 있는 형편이다. 공노비들은 의병에 가담한다는 이유를 대고 달아나기 바쁘고 남아 있는 노비들조차 일이 손에 잡힐 리가 만무하다.

이맘때쯤이면 청청 푸르러야 할 들녘을 거두지 못한 보리밭은 시커멓게 불에 타고 종자를 뿌리지 못한 버려둔 전답은 잡초만 자부룩하게 올라와 있다. 아무래도 이러다가는 조상 봉제사도 제대로 올리지 못할 형편이고 또 살아 있는 사람들도 호구가 어려운 지경이 되니 예삿일이 아니다.

"곽상아, 오늘 천내에 희억이 집에 좀 다녀오너라. 화원의 전토를 마냥 내버려 둘 수는 없는 것 아닌가?"

그래도 믿을 만한 놈은 곽상이뿐이었다. 조부 대에 분재 받은 노비로 나이도 지긋하고 무엇을 맡겨도 안심이 된다.

"경작이 힘이 들면 농사를 지을 사람을 구해서 때를 놓쳤으며 수수나 강냉이라도 씨를 뿌리도록 시켜라. 여기 배자를 쓴 것이 있으니 희억이에게 전달토록 하고 공선의 일부라도 거두어 오도록 소바리에 질매를 지워서 다녀오너라."

"어르신 그렇잖아도 요 며칠 전에 포산 현청에서 잠간 희억이를 만났습니다. 그 집 아이들이 마마가 퍼져서 포산 김 약국 댁에 약을 구하로 왔던 길이라 합디다. 지난 해 곡수를 탕감해 주지 않으면 저도 손을 놓을 수밖에 없는 형편이라 끙끙 앓아댑디다."

"도지를 맡은 전노들이 희억이 말도 잘 안 듣는 형국 이니 소인이 가본들 무슨 뾰족한 방안이 없을 듯 걱정이 됩니다."

"천내에 가서 희억이를 앞세워 전노들 모두 한 번씩 네가 직접 만나보고 향후 대책을 강구토록 하거라. 어서 늦기 전에 길을 나서도록 하여라."

희억이가 소바리를 끌고 매바위 중턱으로 점점히 사라지는 뒷모습이 스르라미 울음소리와 여치 나래 비비는 소리의 바람결에 묻혀 녹색으로 지워졌다.

텅 빈 마을, 유월의 짙푸른 수목과 풀빛이 유난히 싱그러운데 사람살이는 왜 이렇게 각박해져 가고 힘든지 전란이 몰아온 충격은 졸릴 듯이 뜨겁게 작열하는 태양 빛과 같다.

불현듯 맏아들 이창이를 낳고 산후 조리를 제대로 하지 못한 상태에서 역질까지 겹쳐 갑자기 저 세상으로 떠난 첫째 부인 광주 이씨 아내 생각이 떠올랐다. 세월은 참 무상하다. 이창이가 벌써 열아홉이 되었으니…….

시집을 온 지 2년도 채 되지 않은 2월 열아흐렛 날 나를 버리고 저 세상을 떠난 아내가 야속키도 하지만 이처럼 힘든 난세를 보지 않고 일찍 먼저 하세한 것은 어쩌면 다행일지도 모른다는 생각도 들었다.

의병장 김면의 소모사였던 함양에 고대 정운경의 부인과 딸이 왜병의 칼날에 두개골이 반쪽이 난 채로 죽음을 당했다는 소문이 여기까지 들렸다.

"그렇게 죽는 것보다는 그래도 혈육 이창이를 남겨 두고 내 손으로 자네를 조상들 산소 발치에 묻었으니 그만한 다행히 어디 있겠나?"

혼자 중얼거리며 안채를 향해 눈을 돌리니 전란 전에 죽은 전처 아내가 금방이라도 부엌에서 사랑채를 향해 달려오는 듯한 느낌이다.

다섯 간 안채와 ㄱ자로 꺾어진 사랑채 사이를 잇는 솔문 사이로 이창이 모가 다시 살아나 달려오는 듯한 착각을 하루에도 수십 번씩 홀린 듯 생각이 나니 이 또한 너무 괴로운 일이다.

지난 보름날 논공 집에 거느리던 돌쇠라는 놈이 초계

댁 비년 귀춘이를 데리고 도망하면서 의복과 곡식을 훔쳐 달아났다고 하여 나와 재혼한 하씨 아내가 몹씨 두려워하고 있다.

차제에 논공에서 아버님을 모시고 있는 아내와 내가 기거하는 솔례와 거쳐를 바꾸어야 하겠다는 생각이 들었다.

저녁 무렵이었다.

화원 천내를 갔던 희억이가 소바리에 짐을 가득 싣고 득달하였다. 빈 질매로 털렁털렁 돌아올 것으로 생각했는데 웬일인가.

"어른신, 오늘 저가 천내를 잘 다녀온 듯하옵니다. 희억이가 그래도 상전님에 대한 향심이 대단한 듯합니다. 상전댁에 전곡이 의병에게 보내느라 고방이 텅텅 빈 것을 알고 내일 끼니꺼리도 없지만 공선을 잘 챙겨서 이렇게 소 두바리 질매에 꼭꼭 챙겨 주었습니다. 정조 세 가마, 참깨 한 말, 넉새 삼베 여덟 필, 수수 서 말을 거두어 주었습니다."

"그래, 그곳에 아이들은 모두 잘 있던가? 늦가을 농사라도 지을 수 있도록 종자씨는 전달했는가?"

전혀 예상치 않은 공선을 바리바리 싣고 온 것을 보고

나는 너무 기뻤다. 데리고 사는 하인이라도 희억이만한 놈이 어디에 있을까?

"어서 목간 좀 하고 저녁을 먹어라. 그래 자네 처가 몸이 안 좋은지 오늘 하루 종일 눈에 띠지 않네. 삼베 여덟 필 받아 왔으니 길삼베 짜는 일도 중단해도 되겠다."

"어르신, 희억이가 상전께 올린 고목 편지를 가져 왔습니다."

피봉도 없이 접지에 싼 고목 편지였다.

황공한 마음으로 엎드려 문안 사뢰오며
안부를 자주 전하지 못해 마음 놓이지 않는 이즈음
상전님 기체후 늘 만중하오신지요.
나리님께서 보살펴 주시는 하생은 무고하게 지내오니
복행이오며 엎드려 사뢸 말은
다름이 아니오라 전란으로 인해 금년 농사는
폐농의 지경이옵니다.
올 봄 씨종자도 파종을 못해
늦으나마 차조라도 파종할가 하옵니다.
듣건대 농공에 돌쇠놈이 초계댁 비년 귀춘이를 데리고
곡물을 훔쳐 달아났다고 하니

이런 무례한 놈이 이디 있겠습니까?

상전 댁 곡창이 텅텅 비었다는 소식 접하고

천내 하인들이 힘을 모아 정조 세 가마,

참깨 한 말, 넉 새 삼베 여덟 필, 수수 서 말을 거두어

공선을 올려 보내오니 헤아려주시고

내내 한결같이 지내시기를 아무쪼록 바라고 바라옵니다.

임진년 6월 15일 불쌍한 하인 희억이 고목

　눈물이 핑그레 돌았다. 하인 희억이 모습이 떠올랐다. 전관은 아무 일도 없는 듯 험한 세월의 쪽보를 이어가고 있었다.

화적패 억술이

세상이 사람을 상전과 하인으로 갈라두었지만 상전이 하인만도 못하거나 하인이 상전만도 못한 경우는 많이 있다. 보통 상전과 하인이 씨종자가 다르다고 믿기 때문에 당연히 하인이 상전만도 못하다고 판단한다. 다만 사는 방식이 다른데 이는 사는 방식에 대해 아느냐 모르느냐의 차이일 뿐이다.

점심을 먹은 뒤 논공으로 이사할 준비를 위해 종마를 데리고 포산 현청으로 나갔다.

강 첨지와 김 찰방과 개진나루 건너에 사는 종숙이 모여 지난 밤 개진나루 전투 이야기를 나누고 있었다. 그리고 충청도 순찰사 윤선각과 전라도 순찰사 이광 그리고 경상도 순찰사 김수의 군대가 수원 전투에서 괴멸되었는데 관군들이 버리고 간 활, 깃발, 북 등의 물건이 산더미처럼 쌓였고, 우리 군관의 시체가 온 산천과 길바닥에 널브러져 있지만 아무도 수습을 하지 못하고 있다는 파발을 전해 주었다.

송암 김면 의병장은 거창에서 초유사 김성일과 만나 계책을 세우며 의령에 곽재우, 합천에 손인갑 등을 격려하며 "무너진 삼도 가운데 경상좌도는 왜적들의 물품 보급로이기 때문에 이 허리를 지켜내면 내륙에 갇힌 18만의 왜적은 독안에 든 쥐나 다름이 없다"며 낙동강 연안 수비수어책을 강조하고 있으니 너무 걱정 말라고 김찰방이 내 손을 굳게 잡았다.

도배를 할 초주지 5축과 장거리를 보고 서녘에 붉은 노을이 드리워질 무렵 솔례로 돌아왔다.

전란 중이지만 현청이 있는 현풍 장날에 세상 소식이 궁금해 모여든 사람들로 제법 붐볐다.

의창이 종마를 타고 나를 쫓아와 포산 역점에 있는 하인이 와서 논공에서 보낸 아버님 편지와 하인 봉개가 보낸 고목 두 장을 전해 주었다.

아버님 편지는 이사를 하되 손이 없는 날을 받도록 하라는 엄명인즉, "5월 24일, 5월 26일, 6월 6일, 8일, 20일"은 객 궂은 날이니 방문을 나지도 말고 뒷간에도 가지도 말고 절대로 이사도 가지 말라는 내용이었다.

하인 봉개가 올린 고목의 내용은 다음과 같다.

무더운 여름 날씨에 나리님 기체 안녕하신지

재배 문안 아뢰옵나이다.

논공 하인 봉개는 무고하옵나이다.

본인과 무관한 정소장이 저에게 와

오늘 논공이 하인을 길거리에서 만나서

돌쇠놈을 수소문한 즉 횡설수설하기로

수소문해보니 돌쇠놈 계집인 귀춘이는 정주댁에

숨어 있다고 하기로 찾아가 봇짐을 끌러 살펴보니

정조 서말과 청도포 1좌, 창옷 1좌, 버선 2결레,

어깨 등거리 1개였습니다.

제가 추리하건데 적삼은 그 놈이 입었고,

초계댁 비년 귀춘이를 데리고

금제 전남댁으로 달아났다 하기로

소인 등이 고목하오니,

소인 길 나선 짐에 돌쇠놈을 잡아오겠습니다.

성을 나선동안 망쇠 집에 있겠습니다.

임진년 6월 17일 하인 봉개 고목

논공에 데리고 있던 돌쇠 놈은 논공 선산 묘직이로 비년 귀춘이와 함께 살았는데 집일은 뒷전이고 매일 어딜 쏘다니는지 살랑거리더니 어버님 옷가지와 곡식을 훔쳐 이웃 초계 댁의 비년이를 데리고 예천 금제로 도망을 가 버렸다.

봉개가 돌쇠가 저질은 일에 대한 억울한 누명을 쓰자 돌쇠 놈을 잡으러 길을 나서서 보낸 고목이다.

왜란이 몰고 온 후유증 가운데 일부이지만 상전을 배반하고 심지어 도둑질까지 하여 이웃 상전댁의 비년까지 꼬드겨 달아났으니 한심한 노릇이 아닐 수 없다. 초계 댁에서 포산 향청에 봉개를 도둑으로 지목하여 정소를 낸 탓으로 억울한 누명을 뒤집어쓴 봉개가 직접 추로하기 위해 길을 나선 것이다.

금년 초 시집온 두 번째 아내가 논공 전장을 관리하며 아버님을 봉양하고 있는데 이런 사태가 발생하였으니 얼마나 불안해할까?

5월 중순에 돌쇠 놈을 잡으러 길을 나섰던 봉개가 돌아왔다.

"나리 성주에는 아직 왜적들이 진을 치고 집집마다 양식이며 소와 말을 잡아가고 멀쩡한 장정들은 후려 왜적의 앞잡이가 된 놈이 한 두 명이 아닙니다. 누가 누굴 믿을 수 있겠습니까?"

예천 금제까지 찾아 갔으나 허탕질하고 돌아온 봉개는 어디서 들었는지 전황을 소상하게 알고 있었고 직접 죽을 고생을 하다 살아 온 것이다.

"나리, 언젠가는 돌쇠 놈이 되돌아올 것입니다. 듣건대 왜적의 군아를 들락거리며 온갖 잡일을 도맡아 한다는 이야기도 들었습니다."

모깃불을 피운 마당 살평상에 걸터앉아 끝없는 봉개의 이야기를 듣다가 보니 해시가 다된 것 같다. 북두는 서녘으로 기울었다.

"봉개야, 고생 많았다. 며칠 쉬다가 집안 논하고 소고개에 있는 작은집 논 세벌논매기를 해야 될 것 같다. 아이들 잘 타일러 밀린 일을 좀 해라."

"내년에는 제사지낼 양식도 없으니 걱정이다."

"그만 들어가서 자거라."

비 온 뒤라서 그런지 유난히 모기들이 많았다.

고이 자락을 잡고 방에 있는 모기를 문 밖으로 후쳐내고 잠자리에 들었다.

돌쇠는 논공 아내가 시집올 때 오야에서 데리고 온 신노비이다. 돌쇠 처인 귀춘이는 양인 천씨의 소생인데 돌쇠는 초계댁 부엌일을 보던 여비를 호려내어 달아나고 귀춘이도 집을 나간 지 오래다.

남아 있는 노 언종이와 비 문춘이, 풍란이, 막금이 넷이 남아 있다. 언종이는 농공과 솔례를 드나들며 편지 심부름을 도맡아 하고 있으며 아내를 돌보는 그래도 제일 믿을 만한 년이다. 문춘이와 막금이는 침모로 온갖 바느질이라 길삼 방직을 가장 솜씨 나게 일 잘하는 년이다. 금동이는 옻바치로 풍란이는 어물바치로 산청장에서 밀양, 청도 화양장, 화원장으로 돌아다니다 6일 바깥장이 설 때면 솔례로 찾아 들었다.

낙동강 나루터와 가까워 김해에서 올라오는 온갖 해물과 함양, 단성으로부터 올라오는 생치, 소고기 등의 육물까지 남강 물길을 타고 올라오기 때문에 풍성한 장이 선다.

특히 동짓달부터 이월 초까지 김해에서 올라오는 대구알젓은 최고 상품이나 전란 이후 그것을 맛본 지도 아득하다. 그때마다 우리 집에 필요한 공선을 갖다 바치더니 최근 낙동강 물길을 왜선이 뒤끓은 뒤로는 봇짐 장수로 떠돌아다니 자주 들리지 못한다.

풍란이는 이쁜 년인데 늘 온갖 잡소문을 허리춤에 달고 다닌다. 저 달 초 엿샛 날도 창녕 역참 노비 억술이에게 맞아 눈뚜덩이가 시퍼렇게 해서도 어물 반팅이를 이고 나타나더니 생긴 것처럼 논다고 행실이 곧지 못해 늘 걱정이었다.

왜적이 화적 때처럼 밀어닥쳐 분탕질친 이후 쓸 만한 종놈들은 의병으로 내보내고 남아 있는 것들은 말도 듣지 않고 행실을 부리니 걱정이다.

논공에서 뒤숭숭한 소문이 번져 왔다.

아내가 시집오면서 데리고 온 신노비 녈진이가 문제를 일으킨 모양이다. 밤마다 아내 곽상이 회마편에 보낼 편지를 썼다.

요사이 무슨 일로 집안이 조용한 때가 없는고.

하루 이틀도 아니고 자네 마른 성질에 어찌 견디는고.

널진이가 밤마다 빈소방에 남이 모르게 숨겨 내간다고
하여 이른다 하니 그 말이 맞는 말인가.

진실로 그리 이를 것같으면 한 집에 있다가
나중에 무슨 큰 말을 지어낼 중 어찌 알꼬.

서방의 밥을 짓는 살을 어지 저의 쌀로 한단 말인고.

일의 형세를 자세히 몰라 어떻게 된 줄 모르니
자세히 적어 기별하소.

널진이를 밤에 남이 몰래 숨겨 데려내어 간다고
말한들 그런 어이없는 말이야 남들이 곧이들을까.

그런데 그런 말을 만들어 내어 남에게 해코지 하려는
마음이 흉악하니 어지 한 집안에 하루인들 한 데 살꼬.

집안 기별을 자세히 적어 보내소.

이 난리 통에 집안에 무슨 이런 변고가 자꾸 생기는고.

수영댁에 덕이를 문초하고

널진이나 그 어미를 우리가 잘못 대접한 일이 있어 그러한가
낱낱이 자세히 적어 기별하소.

성대가 가져온 독 값을 주셨는가. 주지 않았으면 즉시 주소.

오야댁 답서

106

아내가 창녕 이방에서 시집올 적에 데려온 녈진이와 그 어미가 동자아치로 논공에 함께 사는데 얼마 전부터 온 동리에 흉흉한 소문이 퍼지고 있다. 밤중만 되면 녈진을 후려내어 빈소방에서 수작을 한다는 소문을 발설한 년이 수영댁의 덕이년이라 한다.

성주에서 넘어온 독장수 성대라는 놈이 녈진이를 후려내어 남의 빈소방에 든다고 하니 참 기가 막히는 노릇이다. 전란으로 온 나라가 침책되는 판에 어찌 이런 연고가 생겨난단 말인고.

유가 쌍계 채 참판 댁에서 통문이 왔다.

해웅정에서 포산 유림계가 있으니 7월 6일에 왕림하여 사민들의 의병 참여와 독려를 위한 계금을 모으니 계금 3전이나 정조 5두씩 지참하여 모이라는 내용이었다.

유림계에 참석하기 위해 명주 중치막과 이불 베개 포대기, 빗접, 수건, 갓보를 제자리보에 사고 종마 한 필을 따려 한수 인편으로 솔례로 보내라는 편지를 논공 아내에게 보냈다.

지난 5월 29일 논공의 아내를 솔례로 불러들이고 내가 논공으로 옮기려고 했으나 아버님의 해소병이 덧났기 때문에 없었던 일로 포기하였다.

아침에 일찍 한수가 득달하였다.

"어르신, 어제 밤에 안어른께서 밤을 새워 생전복 구이와 홍합전과 대구알젓을 장만하고 소주 두 두릅을 보냈습니다. 전란 통에 먹거리도 부족한 터에 유림곗날 어르신들 두루 잡수시라고 장만한 것입니다."

한수 놈이 등짐으로 의복과 이불 베개 포대기 짐과 함께 차반상을 짊어지고 말고삐를 이끌었다. 솔례에서 포산을 거쳐 논공, 유가로 가는 길은 청청 흐르는 낙동강 변을 거슬러 오르더라도 3~4십 마장을 가야 할 만큼 멀었다. 며칠 전 장맛비로 강물은 황토빛으로 부풀러 올랐다.

이곳저곳에서 무명 저고리나 바지 또는 중치막들이 널브러져 있고 왜병들이 쓰는 투구들도 나뒹굴고 있었다. 불어오는 습한 바람결에 들풀 새순들의 향기와 썩어가는 시체 냄새가 뒤엉켜 구역질을 참느라 연죽 몇 통을 피워댔다.

포란형으로 오목한 논공이 들 앞을 지나며 아내가 손수 장말해 준 음식을 유림계에서 자랑스럽게 나누어 먹어야겠다는 생각을 하니 마음이 뿌듯하였다.

이창의 어미인 죽은 전처 광주 이씨의 후처로 시집온 진주 하씨 아내는 창령 대합 오야에 세거해 온 공조참의

하준의의 맏딸로 지난해에 나와 혼례를 올렸다.

품성이 유난히 온화하고 양반집 규수로 자라온 터라 논공에서 아버님을 모시고 논공의 전장을 관리하며 새댁으로서 나에 대한 뒷바라지를 물샐틈없이 해 주고 있다.

아내의 음식 솜씨는 어딜 내놓아도 손색이 없을 정도다. 그 갸름한 손으로 바느질이며 음식 솜씨며 어느 한 가지 부족함이 없다.

그러나 늘 지난 오월에 매바위 피난길에서 잃어버린 장모님 생각에 슬픔에 잠겨 있을 때가 많았다.

너무나 애처로웠다.

길을 나선 후 한수와 나 이외에 거리에서 사람을 본 기억이 없을 만큼 온 천지가 황량하다. 장맛비가 거친 여름 바람에 휩쓸리고 있다. 곳곳에 묵전답에는 들풀이 허리춤까지 자랐고 낙동강 변 홍수에 떠밀린 수초들은 겨우 머리끝만 내놓고 부글거리는 포말에 휘감기고 있었다.

채 참판 댁의 손자인 채 처사가 포산 유림계의 도유사를 맡고 있는데 절목에 따라 참석자들을 점검하고 계전을 모았다. 나라가 흥망지경에 이렀으니 사족인들 어찌 팔짱만 끼고 있을 수 있는가 창의에 궐기하기로 결연한 의지를 모았다.

이어서 베풀어진 주례에는 유사 댁에서 마련한 음식과 내가 준비해 온 음식을 함께 나누어 먹으며 전란의 이야기로 이어졌다. 당일 고령 의병장 김면의 소모종사 관인 덕옹 정경운이 거출한 군자금도 전달받는 겸사로 어렵게 유림계에 참석하였다.

지난 5월 22일 초계 낙동강 변에서 합천의 의병장 손인갑이 왜적을 토벌하였는데 거창 전투에서 적의 탄환을 맞고 안타깝게도 세상을 떠났다고 한다. 내암 정인홍이 의병대장을 맡아 여섯 고을의 병사를 통솔하게 되었다는 이야기와 7월 1일 의령에서 적선 70여 척을 막아냈으나 김수의 심복들 사이에 곽재우 장군이 몰리고 있어 안타깝다는 이야기들로 이어져 갔다.

포산에 사는 허경력이 묘한 이야기를 해 주었다.

한양 궁궐에서 약탈한 물품을 싣고 낙동강으로 이송 중이던 왜선을 의병장 김면의 휘하에 활약하던 황응남이 낙동강을 따라 남진하고 있었다는 정보를 입수하여 며칠 동안 매복을 하다가 선조 25(1592)년 6월 9일 묘시, 낙동강 강안에 총공격으로 대부분의 왜적을 사살하고 획득한 여섯 수레의 물품을 포산 향청에 잠시 수송해 두었다는 소문을 듣고 향청에 가 보니 참으로 기가 막힌

보화들이었다며

"궁실에 있던 임금의 이장은 물론이거니와 왕비와 궁녀들의 의복을 몽땅 탈취했더라니까."

"두루마리가 있었는데 슬쩍 펼쳐 보니 부처님을 그린 그림도 두 폭이 있더라니까."

며칠이 지난 뒤 포산 관아에 찾아가 왜선에서 되찾은 물품을 보고 싶다고 향리들에게 전했더니 아직 조정에서 어떻게 처리할지에 대한 계문이 전달되지 않았는데 이것을 보았다는 사실은 일체 비밀로 붙여달라는 약조를 하고 향청 뒤편 고방으로 안내를 받았다.

그 두루마리가 무엇일까?

섬세한 기법과 우아한 색채와 금니와 은니로 그린 매우 화려한 '수월관음도'였다. 가슴과 어깨 그리고 팔뚝의 살갗이 살포시 드러내고 화개와 온갖 치장과 흘러내리는 듯한 투명한 옷자락으로 감싼 관음보살의 불화였다.

부드럽게 왼쪽 다리를 올리고 유연하게 앉아있는 모습, 섬세한 손가락의 유연성 그리고 치맛자락의 문양 하나하나에 쏟아 부은 정교함과 정성이 가득 깃들어 있었다. 또한 정면이 아닌 약간 왼편을 향하여 우아하게 앉은 자태나 연꽃 위에 올린 오른발 아래에 위치한 동자승을 쳐다보는 그윽한 눈빛이 한없이 숭고하고 아름다웠다. 이 불화는 7척이 넘는 높이를 가진 매우 큰 고려시대의 불화였다.

며칠 동안 그 불화의 그림이 머리에서 지워지지 않았다.

논공에서 전갈이 왔다. 아내가 저녁부터 산기가 있다고 제금이가 부랴부랴 달려 왔다. 종마 채비를 하고 포산에 나가 정 동지 댁 의원에게 화제를 지어 논공이로 가는 길을 나섰다.

아내 진주 하씨의 사주를 대고 오늘 산기가 있다고 하니 정 동지 댁 의원이 눈을 지그시 감고는

"아이쿠, 하늘에서 내린 옥동녀를 낳겠습니다.

아이를 낳은 뒤에 태독이 의심스러우니 내가 화제를 지어 드리고 약제를 장만해 드리지요."

의원의 화제는 다음과 같다.

티독의 메밀솔을 염슈에(태독에 메밀쌀을 소금물에)

밥을 지여 부치라.(밥을 지어서 붙이라.)

쏘 챵포 쏠희를 즛쑤디려(또 창포 뿌리를 짓두려서)

복가 삿미라(볶은 뒤에 사매라.)

논공에 들린 지 며칠 되지 않았으나 올 때마다 왠지 낯선 느낌이다. 사랑채에 들러 아버님께 문안 인사를 드렸다. 아버님의 해소는 좀처럼 가라앉지 않는지 기침을 연신하신다. 체모가 많이 여위신 느낌이다.

　"어서 내간에 들러라. 작은 조시와 연심이가 다 모여 너 안사람 해산 준비는 다한 것 같구나."

　"해옹정에서 포산 유림계에는 잘 다녀왔느냐? 어서 왜적을 물려쳐야 할 건데 나라일이 보통 걱정이 아니구나."

　"아버님, 유림계에 갔다가 오는 길에 향청을 들렀더니 왕궁에서 약탈해 온 금은보화며 비단 포목과 서책과 서화들이 다섯 바리나 됩디다."

　"왜적들은 전쟁 통에 우리 문물을 뒤로 빼내어 가느라 야단법석인데 다행히 의병의 군관인 만호 황응남이 왜병을 죽이고 다시 빼앗아 당분간 향청에 보관 중이랍디다."

　"그 가운데 관음보살을 그린 서화가 예사롭지 않게 보이던데 오늘 의원이 하늘에서 옥녀를 보낸다고 하니 아마도 딸인 듯싶습니다."

　내간에 들러 땀을 뻘뻘 쏟으며 용을 쓰고 있는 아내 곁에 앉아 구슬처럼 흐르는 땀방울을 쓰다듬은 뒤 약제를 연심에게 물려 준 뒤 다시 사랑에 들러 아버님과 오랜만에 깊어가는 한밤이 이윽토록 이야기를 이어갔다.

아버지는 환로에 나가지 않았지만 서원 향사는 빠짐없이 다니시면서 영남 향반의 거유들과의 교유를 통해 세상 돌아가는 이치나 소식은 누구보다 빨랐다.

아버님이 나에게 해 주신 이야기의 요체는 다음과 같다.

지난 해 대마도 성주 요시토시宗義智가 조선통인 겐테츠 겐소景轍玄蘇의 요청으로 조정에서는 정사 황윤길과 부사 김성일로 이루어진 사절단을 교토로 보냈다.

도요토미의 요청 사항은 중국으로 가는 길을 열어달라는 명분이었지만 실제로 일본 전국을 장악한 절대 군주로 중국과 인도를 침략할 원대한 꿈을 꾸고 있었다. 그 꿈은 전국 시대에 흩어진 제후들을 꼼짝할 수 없도록 묶기 위하여 제3의 적, 공격 목표가 필요했기 때문이었다.

조선의 통신사를 영접하면서 한쪽에서는 고니시 유키나카를 통해 조선과 중국을 칠 원정 준비를 하고 있었다.

크고 작은 선박을 만들고 정복에 필요한 군장을 제정비하는 등 18만 명에 이르는 원정군의 편제를 9진으로 나누어 파상적으로 조선을 짓밟은 뒤 평양성을 중심으로 요동으로 중국을 침략하는 계획이 진행되고 있다는 것이다.

"아버님, 어찌 왜놈들의 내부 사정까지 그렇게 훤히 뚫어 보고 계십니까?

"생각해 봐라. 제1진으로 부산진에 상륙한 고니시 유키나가가 4월 12일 부산진에서 정발로부터 항복을 받아 내고 바로 물밀듯이 14일 동래성을 공격하여 송상현 부사를 무너 떠렸다. 양산, 밀양, 청도, 대구를 거쳐 4월 24일 상주 성을 함락시키고 25일 문경성을 이어서 충주로 밀려가는 동안 제2진으로 도라노스케 군대를 투입하여 고니시 유키나가가 휩쓸어 간 주요 성들을 다시 불바다로 만들었지 않느냐? 도요코미 히데요시가 가장 신뢰하는 주력 부대인 고니시 유키나가가 한양이 아닌 평안도에 가토 기요마사는 함경도를 관장하도록 한 것을 보면 그들의 의도를 읽을 수 있지 않겠나.

아버지의 이야기가 끝나기 전에 나는 잠이 든 모양이었다. 내가 잠든 것을 알고는 아버지는 아무 말씀도 없이 그날 밤을 그냥 뜬눈으로 꼬박 지새웠는지.

묘시 무렵 안채에서 순산했다는 기별을 듣고 나를 흔들어 깨웠다.

그런데 묘한 일은 내가 잠을 그렇게 깊이 들지 않았는지 잠이 들자 꿈을 꾸다가 아버지가 흔들어 깨우는 바람에 깨어났다.

흰 뭉게구름이 온 들판에 가득하고 유유히 흐르는 낙동강 강가에서 얼마 전에 죽은 금동이 잿굿을 하는데 갑자기 뭉게구름이 걷히더니 관음보살이 뚜벅뚜벅 내 앞으로 걸어오고 있었다.

어제 향청에서 본 불화의 그림에 있던 보살이 엷은 미소를 지으며 오늘이 덕휘 날이니 이 아이를 꼭 절에 받치라는 이야기를 끝내는 순간, 아버지가 나를 흔들어 깨웠다.

"아비야, 딸을 순산했단다. 일어나 내간에 가서 들러 보아라."

아내가 시집오면서 친정으로부터 분재 받은 신노비 금양이에게 창령 오야에 처가댁으로 아이 순산을 열리는 편지를 보냈다.

합산댁 상사리 근봉

문안 아뢰옵고 요사이 더위에 어떻게 지내십니까?
한 참 기별을 못 드려 염려하옵니다.
소례에 있다가 어제 밤 기별을 듣고 농공에 왔는데
오늘 묘시에 관음보살 같은 딸을 순산했너다.

116

해산 구로로 준비한 소고기 네 오리와 전복 열낱을 적지만 한때라도 잡수시게 금양이 인편으로 보내니다.

그지없어 이만 아룁니다.

임진년 7월 7일 논공에서 사위 곽주

아침 하늘을 쳐다보니 뭉게구름이 관음보살의 모양으로 피어오르더니 갑자기 바람에 흩어졌다.

논공 아내의 산 후일을 돌보느라 포산 향교에 향회 통문을 받은 것을 깜빡 잊어버릴 뻔했다. 7월 10일 오시에 포산 향교로 갔더니 벌써 많은 사람들이 모여 있었다. 도유사 김생원이 일장 유시를 하고 있는 중이었다.

"왜적이 온 고을과 나라에 가득 들어와 마음대로 활개치며 닥치는 대로 약탈하고 아무 거리낌 없이 사람을 베어도 어느 누구 하나 이를 막는 사람이 없습니다. 백성들은 다 달아나 제 목숨 부지하기에 급급하여 고을은 텅 비고 왜적을 막아낼 의지도 기력도 없으니 이 일을 어찌해야 하겠습니까?"

"수령 곁에는 백성이 없고 장수 주변에는 병사가 없는 지경입니다. 대소민은 관령이 두려워 관군 모집에 응하는 자 있어도 사민들은 산으로 피신하여 내려올 뜻이 없으며 주군현이 무너지는 모습만 바라보고 있으니 나나 남이나 반역한 백성과 다를 바가 없습니다."

"무주에 전 군수 김종려는 왜적에 자기 발로 걸어 들어가 투항하여 왜적의 푸른 철릭을 입고 농사를 짓고 있으며 이증은 왜놈의 짐꾼이 되었고 종려는 호미질을 하여 왜군의 하수인을 하는 자가 있다니 나라의 은혜를 저버리고 절의와 예를 무너뜨리는 개나 말보다 못한 무리들이 속속 늘어난다고 하니 이 일을 어찌하면 좋겠습니까?

일찍이 석문산성 아래에 한훤당 선생의 소학 문풍과 남계서원의 조남명 선생의 절의의 유풍이 남아 있는 이곳마저 이렇게 왜적의 침략으로부터 허물어진다면 나라의 존망을 누구에게 의지해야 하겠습니까?"

도유사 김생원은 한훤당의 후손으로 후일 포산 향교의 향회의 결의가 경상우도의 의병의 결사를 강화하는 단초가 되었다. 8월 11일 함양 향교에서 왕에게 상소하기 위해 진사 정유명이 소두가 되고 성팽년, 노사상이 장의를 노주와 강린이 유사가, 제소는 박여량이 사소는 박여량과 정경운이 맡아 전란으로 백성들의 생계를 위해 체납된 조세를 모두 탕감하고 불요불급한 제사 공물도 감하도록 조치해 줄 것을 요구하였다. 한편 지역의 군사들을 결집시켜 한양과 평양으로부터 퇴각하는 왜병과 삼남 지역에 요새를 치고 있는 왜적의 소굴을 총 진격도록 결의하였다.

8월 29일 합천, 삼가, 진주, 단성의 여러 유생들이 향교에 모여 상소를 올리는 날도 비가 내렸다. 전란이 일어난 그 해에는 유난히 큰비가 많이 내려 옷이 젖고 양식마저 떨어지자 군관이나 의병들도 극도로 사기가 떨어질 수밖에 없었다. 각 고을 수령들도 겁에 질려 다 달아나 버리니 고을 안 향청의 창고는 왜적의 침탈과 의병들의 군량으로 공출되면서 텅 비게 되었다.

순변사 이일이 문경으로 향했는데 이미 고을은 텅 비었으나 남은 양곡을 백성들에게 풀어 먹이고 함창을 거쳐 상주에 이르니 상주 목사 김해는 순변사 이일의 출참을 기다린다고 약속하고는 산 속으로 줄행랑을 치고 없었다.

7월이 되면 산에는 온통 덜꿩나무와 감태나무와 노린재나무가 뽐을 내며 웃자람을 하면 하늘은 점점 좁아든다.

덜꿩나무의 붉은 열매는 핏빛으로 익어가고 쪽동백에 조롱조롱 맺힌 꽃은 밤하늘의 미녀 아기처럼 가지를 뻗

는다. 세상은 온통 두려움과 굶주림으로 사람들은 허둥
대는데 산세는 말없이 세월을 낚아가고 있다.

갈등

잠잠하게 있는 촛불이 언제 꺼질까? 촛농이 다 녹아 심지가 다 타면 불이 꺼지게 된다. 방문을 열고 광풍이 불어 닥쳐 거센 바람결에 흔들리기 시작한 촛불은 언제 꺼질 지 예상할 수 없으며 이를 잠재우는 일은 바람을 멈추거나 혹은 방문을 다시 걸어 닫을 때 가능하다.

선조 19(1586)년 남쪽으로부터 불어오는 바람을 이끌고 밀어닥친 두 사람. 대마도 성주 요시토시宗義智와 조선통인 겐테츠 겐소景轍玄蘇의 요청으로 조정에서는 정사 황윤길과 부사 김성일로 이루어진 사절단을 교토로 보냈다.

도요토미의 요청 사항은 중국으로 가는 길만 열어달라

는 명분이었지만 실재로 일본 전국을 장악한 절대 군주로 조선은 물론 중국과 인도를 침략할 꿈을 꾸고 있었다. 그 꿈은 전국 시대에 흩어진 제후들을 꼼짝할 수 없도록 묶기 위해 제3의 적을 향한 공격 목표가 필요했기 때문이지.

조선의 통신사를 영접하면서 한편으로는 조선과 중국을 칠 원정 준비를 하고 있었다. 크고 작은 선박을 만들고 정복에 필요한 군장을 재정비하는 등 18만 명에 이르는 원정군의 편제를 9진으로 나누어 파상적으로 조선을 짓밟은 뒤 평양성을 중심으로 다시 요동으로 중국을 침략할 계획이 실전으로 옮겨진 것이다.

임진 초하에 이르자 한양을 거쳐 함경 평안도까지 진출했지만 왜병들은 장마와 질병 그리고 경상우도로부터의 보급 통로의 차단으로 장기전으로 기울고 있었다.

7월 초 포산 전투에서 이미 4천여 명의 홍의 장군의 휘하 의병들 또한 지쳐 가고 있었다. 무기는 바닥나고 의창의 곡식을 구할 길이 막막해졌다.

경상도 소유사 학봉 김성일은 조정에 치계하기를

본도가 황패한 나머지 붕괴되어 사방으로 달아난

자는 비단 도망 간 군사와 패졸뿐만 아니라

대소인민이 산속으로 숨어들어 새처럼 숲에 숨고

짐승처럼 엎드려 사니

아무리 회유해도 관군에 응모하는 이가 없습니다.

나라를 믿는 것인 인민인데 인심이 이와 같으니

보잘것없는 소신은 밤낮 하늘에 빌 뿐입니다.

난 초기부터 병수사, 방어사, 조방장 등이

관아에 있는 군기를 운반하여 싸움터로 가져가지만

이미 붕괴될 때 못 건져낸 것들을 전부 버리고 간

까닭으로 병기고는 텅텅 비어 있고

창곡은 각 방 수령들이 지레 겁을 먹고

창고를 불태우거나 방치함으로써

군량이 텅 비게 되었습니다.

임란 초기 상황을 정확하게 읽고 있었던 학봉은 의령
의 곽 장군을 만나기 전 먼저 고령과 지례 방면을 지키
던 의병장 김면 장군을 만난 뒤 곧 바로 말머리를 돌려
의령으로 향해 온다는 파발이 왔다.

어스름한 달빛이 어둑한 산들을 일으켜 세우고 남강
은 말없이 그 어둠 사이를 유유히 흐르고 있었다. 정암

진 곳곳에 영기가 휘날리고 돈대 초대에서는 군기제조 허자대와 함께 나는 재우 형님을 만났다. 붉은 홍포로 만든 갑옷에 길게 찬 장검을 무릎으로 거두면서

"주야, 이 험난한 길을 오느라 고생 많았다. 큰댁의 일 가문이 몽당 왜병에 침탈당했다고 하니 할 말이 없구나. 종숙부님도 다 편하시지."

말을 잇지 못하고 한참 포산을 향해 머리를 숙여 읍을 하더니

"병기도 부족하고 곡창은 텅텅 비어 있으니 병사들을 부리기가 너무 힘이 든다."

"그래도 주야 네가 요긴하게도 마병을 잘 고친다는 하인과 병기를 잘 만든다는 불무쟁이를 다려 왔다니 여간 큰 힘이 되지 않겠다."

어둠이 더욱 짙어지자 멀리 산골에서는 피리 소리와 북치는 소리가 여기저기에서 멀리 가까이 서늘한 밤공기를 가르고 있었다.

의병 대장 윤탁이 돈대 앞으로 달려 왔다.

"곽 장군, 경상도 소유사 학봉이 곧 당도할 것입니다. 치마골 복병장 안기종의 급한 파발이 왔습니다. 복병장 안기종이 학봉을 모시고 이곳으로 달려오고 있습니다."

"알았다. 군량 조달 담당인 정질과 선봉장 심대승, 군관 조사남을 이곳으로 들라하고 나머지 장수들을 제 위치를 고수하라 일러라."

불칼 같은 호령을 내리고는 다시

"현풍, 창령, 영산 방어가 매우 중요하다. 곧 명나라 군사들이 평양을 탈환하면 다시 낙동강을 따라 남하하는 왜적들과 상주, 문경, 고령, 성주에 주둔하는 왜병들이 합세하는 중간 보급 차단로를 확보하기 위해 다시 혈전을 하지 않을 수 없을 게다.

"곽 참봉, 네가 기밀하게 고령에 김면 장군과 지리산 합천에서 방어하고 있는 내암 정인홍 장군에게도 곡량을 지원할 수 있도록 계책을 세워다오."

말발굽소리가 요란하게 가까이 다가오고 있었다. 개구리 울음소리가 말발굽소리에 묻혀 희미하게 멀어져 가노라면 다시 풀벌레 소리가 받아 울며 멀리 의병들이 부는 피리소리가 더욱 처량하게 달빛 속으로 퍼져 가는 듯하였다.

펄럭거리는 횃불의 불빛에 흔들리는 곽 장군의 그림자가 바람처럼 마룻바닥에 크게 요동치고 있었다.

소유사 학봉이 당도하자 곽 장군과 윤탁, 허자대, 안

기종, 정질, 심대승, 조사남 장수들이 열을 지어 뜰에 내려 읍을 하며 소유사를 맞이하였다.

"곽 장군, 전세가 만만치 않습니다. 관군의 통솔이 거의 불가능한 상황에서 삼도의 의병이 일어나 적의 허리를 차단하고 있으니 나라의 명맥이 유지되고 있습니다."

말이 끝나기도 전에 곽 장군은 괄괄한 목소리로 경상우도의 의병 현황을 보고하였다.

"학봉, 며칠 전 조종도의 통문에 의하면 합천에는 내암 정인홍, 고령에는 김면, 현풍에서는 곽저, 박성, 권양, 삼가에서는 박사제, 초계에서는 전치원, 이대기, 산음에서는 오장, 단성에서는 권세춘, 함안에서는 이정이 이끄는 의병이 합종연횡하면서 우도를 결사 수호할 것입니다."

"모든 성들이 단참에 다 붕괴되고 성주들은 달아나기에 급급하니 어쩌다가 관군이 이 지경이 되었는지 모를 일입니다."

"소인이 의령 관창의 양곡을 의병에게 풀어 준 일과 초계 관아에 방치된 군기를 수습하여 의병에게 나누어 준 것을 빌미로 경상감사 김수가 신을 역모로 몰고 있다는 소를 올렸다 하니 참으로 가관이 아닐 수 없습니다."

"나라가 절체절명의 위난에 빠지도록 해놓고도 달아

나기에 급급한 이가 어찌 도감사를 할 수 있나이까."

부산 김해 방면에서 서북으로 진격한 왜적은 함안, 창녕, 영산 방면에서 남강과 낙동강을 건너려고 하였다. 이때 경상감사 김수는 도망하였으며 예하의 수장과 관리들도 도망하기에 바빴다.

곽 장군은 심대승을 비롯한 군관 50여 명이 생사를 같이할 것을 맹세하고 의령현과 초계군의 창곡과 기강에 내버린 배와 세미로서 의병들을 지원하였다.

경상우도 감사 김수의 측근은 곽 장군의 이러한 행위를 발광이라고 욕하고, 또 어떤 사람은 밤도적놈이라고 비웃었으며, 심지어 합천군수 전견룡田見龍이는 육적陸賊이라고 악평하며 상부에 보고하였다.

"내가 이곳으로 오는 도중 성주 부근에서 순찰사 김수를 만났는데 다시 말머리를 돌리도록 했습니다."

"듣건대, 곽 장군을 굳게 믿고 있소. 순찰사 김수와 병사 조대곤이 곽 장군을 역도로 몰아 잡아 치죄하라는 관자를 돌렸다는 것도 다 알고 있소."

곽 장군은 창의 군병들에게 돌린 통문을 소유사 앞에 펼쳤다.

의령 의병장 곽재우는 일도 의병 제군자에게 공포하여 알리노라.

김수는 나라를 망친 큰 도적이외다.

춘추의 대의를 논한다면 사람마다 누구나 죽일 수 있는 것이오.

혹은 말하기를

"도주의 허물은 말만해도 안되는 것인데 하물며 그의 머리를 베이려 하느냐?" 하나

이것은 한갓 도주만 있는 것을 알고 군부가 계신

것을 알지 못하고 하는 말이외다.

왜적을 맞아 한양에 들어오게 하였으며

임금이 파천까지 하시게 되었는데 그를 도주라 할 수 있겠오.

손도 꼼짝하지 않고 방관하다가 나라가 망하는 것을

기뻐하는 자를 도주라 할 수 있겠소.

한 도의 사람이 모두 김수의 신하가 된다면

김수의 죄를 말하지도 못하고

김수의 머리를 베어도 안 되겠지만

일도의 사람이 주상 전하의 신하가 아닌 사람이 없거늘

나라를 망친 적도는 모든 사람이 다 죽일 수 있는 것이오.

바라건대 의병 제군자께서는 격문을 자세히 열람하시어

향병을 이끌고 김수가 있는 곳에 모여

그의 머리를 베어 행재소에 보낸다면

도요토미의 머리를 바치는 것보다 갑절의 공이 될 것이외다.

오직 의병은 그것을 양지하시고

만약 수령들이 나라가 장차 망할 것과 군신의 대의를

생각하지 않고 역적 김수를 옹호하여

그 고을 사람으로 하여금

의병을 방해하는 자가 있다면 김수와 같이 목을 베리라.

의병장 곽재우

소유사 학봉은 이미 상황이 악화될 때까지 악화되었음을 알고 있었던 터라 과히 놀라지 않는 표정으로

"곽 장군 휘하에 있던 김경근이가 이미 감사 김수에게 고해 바쳐서 그도 이 사실을 알고 있는 듯 하며 감사 김수의 수하에 김경노 등이 맞불로 격문을 돌리고 조정에 상소를 하니 현재 적은 우리끼리가 아닌 분명 왜적이요."

"마음을 가라앉히고 이 문제를 함양에 들러 김 감사를 만나서 조정하도록 할 작정이오."

밤이 이슥히 저물고 있었다. 주안상을 마주하고 두 사람의 이야기는 소나무 생이 불이 이글거리듯이 더욱 깊게 타들고 있다. 여름밤 하늘의 유성들이 황사리 방면으로 비가 오듯 내리고 있다.

"곽 장군 명나라 군사가 이미 송경까지 도달하였으니 왜장들이 다시 남쪽으로 몰려 올 수밖에 없습니다. 경상 전라좌우의 방어가 양면의 협공을 당할 수 있소."

"관군과 의병이 서로 힘을 합하여 왜병 진지를 협공으로 공략하지 않으면 아마 10월쯤 진주나 울산 또는 동래로 다 몰려올 걸세."

"그 전에 30리 간격으로 진주하고 있는 왜병을 격파해야지 한양으로 몰려 든 왜병들과 합세하면 다시 큰 고초를 면하지 못할 것이니 김면 장군과 정인홍 장군과 힘을 합쳐 우도를 철통같이 지키도록 하세."

"밤이 더 깊어지기 전에 우도 감영으로 가서 감사를 만나겠네."

허자대를 불러 병기 제조에 총력을 기울이고 연로連弩 제작에 박차를 가하여 타 지역의 의병들에게도 공급할 수 있도록 신신 당부를 한 뒤에 바람처럼 말을 타고 가례리 방면 어둠 속을 뚫고 달려갔다.

차츰 멀어져 가는 말발굽 소리가 잦아질 무렵 밤은 깊어만 갔다.

허자대가 나에게 귓속말로

"참봉께서 데리고 온 불무쟁이를 다시 데리고 가서 논공 산 속에서 연노를 제작해 두면 수시로 장수를 그쪽으로 보내 군기를 공급토록 조처할 터이니 기밀하게 준비해 주시기 바랍니다"라고 일러 주었다.

밤하늘의 빛이 잿빛으로 변할 무렵 불무장이 하인과 더불어 말머리를 돌렸다. 고령을 거처 개포나루에 이르렀을 때 동쪽 산마루에 해가 둥실 떠올랐다.

길섶 물푸레나무 씨가 여물어 가고 검은 귀롱나무 열매가 가지마다 주렁주렁 매달려 바람에 일렁거린다. 들판은 미처 경작하지 못한 묵논과 묵밭이 태반이고 무명꽃이 하얗게 매달려 있다. 보랏빛 일월비비추 꽃잎 대궁이 동쪽 하늘을 향해 가슴을 활짝 열고 여름바람을 안고 있다. 그런데 전란에 시달린 사람들의 인적이 끊기고 집집마다 제사를 이을 손조차 없으니. 반민의 기풍은 이미 땅바닥에 떨어진지 오래고 하민은 하민대로 왜놈의 앞잡이로 끌려 간 이가 한둘이 아니다.

전란 속에 사민의 체면이 어찌 바로 설 수 있을까?

연노

논공에 도착하자 사랑채에 들어가 아버님께 인사를 올리고 신실한 가노 여섯을 불렀다.

"너희들은 쇠대장이 철래와 함께 논공 가현 음지골에 불무깐을 차리고 연노를 만들도록 하여라."

어제 허자대로부터 받은 연노 제작 도면을 철래에게 던져 주면서 활대와 활창의 쇠곳을 각각 분담하여 만들되 곽상이가 총책임을 지고 일체 비밀로 하도록 닦달하였다.

논공 가현 음지골에는 본래 숯가마가 있었다. 숯가마를 이용하여 불무깐을 만들면 큰 힘을 들이지 않을 수 있다.

"연노 제작에 필요한 무쇠와 활대는 각사에서 조달해 줄 것이니 운반 문제는 너희들이 신경을 쓰지 않아도 될 것이다."

"오늘부터 인적이 드문 음지골로 올라가 불무깐을 차리는데 가급적이면 솔가지를 꺾어 완전하게 엄폐하도록 작업을 시작하여라."

임진년 8월 초 안음, 거창, 합천, 단성 등지에서 관아에 통문이 당도하였다. 초유사 학봉이 다시 한 번 창의의 기치를 높이 세우며 각 관아와 의병군에 통문을 내렸다.

왜적이 온통 나라에 가득한 가운데 마음대로 활개치고 다니면서

꺼리는 기색이 전혀 없는 이유는 백성들이 달아나 숨고 고을이 텅 비어

적을 막아낼 사람이 없기 때문입니다.

그 와중에 함락된 각 고을의 백성들은 의지할 곳이 없으니

난리를 피해 떠돌아다님을 면할 길이 없는 형세입니다.

내륙의 고을들은 미리 험준한 요새를 굳건하게 지켰더라면

처음부터 이렇게 다급하지는 않았을 것입니다.

그럼에도 불구하고 대소인민들이 적을 방어할 의지가

없어 적이 나타나기도 전에 먼저 산속으로 숨어버리고

수령은 백성이 없고 장수는 군사가 없는 이 지경에 이르렀
습니다.

비록 뛰어난 장수가 있다고 해도 이러한 상황에서는 속수
무책이니

지극히 통분한 일입니다.

무사와 유생은 산에서 내려올 뜻이 없고 시골 대소민은 관
명이 두려워

관군에 응하는 자가 없어 주현이 함락되고 나라가 무너지는
모습을 앉아서 보고 있을 뿐입니다.

어찌 이 나라 대소민 모두가 반역한 백성과 다름없으니 통
분한 마음뿐입니다.

대소 사민들이나 하민 모두

백성의 도리로 나라를 구제하는 의리로

나서 주길 바랍니다.

학봉의 충의에 감동한 많은 대소 사민들이 하나둘씩
모여들기 시작하였다.

경상좌도나 우도나 매 한 도이지만 낙동강을 따라 올

라오는 왜적을 방어하는 데 우도의 방어가 더욱 중요한 터이라 함양, 고령, 의령, 포산의 유림과 군자들이 모여 방어에 힘을 모으기로 약조하였다.

이른 아침부터 신기 들판에 흰눈썹뜸부기가 날라 들었다. 사랑채 뒷산 대밭에는 파랑색을 띤 딱새 무리도 찾아왔다.

종형의 혼령인가?

눈가가 유난히 푸르고 푸른 머리와 흰색 털로 가슴을 치장하고 빛바랜 갈색으로 깃털을 가진 딱새를 보니 마냥 평온하다. 집 앞 채전밭에 갈아놓은 손길이 덜 간 옥수수, 기장, 삼밭은 웃자람으로 열매를 채 달지 못하고 푸른 하늘을 향해 대궁이를 마구 흔들고 있다.

곽상이와 철래 소식이 궁금했다.

아침을 대충 몇 술을 뜨고는 음지골로 올라갔다.

이미 전촉을 만들 불무깐을 만들고 지붕에는 생솔가지로 덮어 거의 눈에 띠지 않도록 만들었다. 전촉의 거푸집을 만들기 위해 목각을 다듬고 김해로부터 공수해 온 활대는 수천 순 이상 쌓아 두었다.

와우산성으로 포로로 납치되었던 순억이와 천내에서 선발해 온 목공장이 새남이 등 여남 명이 모여 제각기 작업을 하고 있었다.

곽 장군으로부터 받은 쇠뇌의 설계도를 펼쳐 놓고 각
각의 부품을 이미 제작하고 있었다. 아기살을 펼쳐 그
아래 방아쇠를 장착하여 시위를 풀어 주면 홈대로 통해
발사되는 활대는 휘르륵하는 소리를 내면서 날아간다.
팔 힘을 사용하지 않고 일정한 강도로 명중률이 아주 높
은 신기술이다.

"이번 보름 전까지 화살 일천 순과 쇠뇌 일만 좌를 만
들어 먼저 보낼 작정입니다."

"개령에 김면 장군과 좌도의 박진 장군께서 빨리 쇠뇌
를 제작하여 보내 달라는 전갈을 받았습니다."

"노기와 녹로와 그리고 전촉을 만들 거푸집은 이미 완
성을 했는데 전갑에다가 화살을 여러 개 넣어 자동으로
전촉이 연발로 발사될 수 있도록 고안할 작정입니다."

"전갑에 10발 정도의 화살을 넣고 아래쪽을 좁게 만들
면 자동으로 화살이 아래로 하나씩 떨어지도록 하면 될
것입니다."

"대신 화살에 깃이 있으면 자동 장전이 되지 않기 때
문에 화살 깃을 없애면 될 것입니다."

"그래 좋은 발상이다."

"활대의 탄력이 세어야 하는데 무쇠뿔 대신 소뿔을 깎아서 아교에 덤북 담구어 붙이면 좋을 것이다."

"저놈들의 화승총 대신 이 연노로 대응해서 싸운다면 얼마든지 적을 제압할 수 있으리라."

얼굴은 모두 검게 익었다. 땀과 목탄재에 그을린 곽상이와 순억이 새남이의 거친 손을 덥석 움켜쥐었다.

이번 왜란의 최대 승부처가 바로 경상우도였다.

낙동강을 거슬러 한양으로 올라가는 길목이며 부산진에서 밀양, 청도 경주로 이어지는 길목과 성주, 김천, 함창, 상주로 이어지는 길목과 의령 산청에서 전라도로 가는 길목, 이 세 길목을 차단하는 일이야 말로 승리의 관건이다.

초유사 김성일 휘하 성주, 초계, 고령, 개령 방면을 지키고 있는 의병장 김면 장군은 문경 세재를 넘나드는 왜군의 길목을 차단하고 있고 영산, 밀양 방면을 차단하는 의령의 의병 곽 장군이, 그리고 산청, 합천 방면을 지키는 내암 정인홍 의병들이 전열을 가다듬고 한양 쪽으로 향하는 왜병을 저지하고 다시 남하하는 왜병들을 토벌하는 역할을 하고 있다.

"시간이 흐를수록 왜적의 힘이 약화될 수밖에 없다."

"우리가 보급 통로를 차단하는 한 내륙 깊숙이 쳐들어 간 저들은 살아남을 길이 없어지는 것 아니겠는가?"

"낙동강 물줄기를 사수하는 일이 우리의 최대 전략이다."

우리가 만든 쇠내와 연노가 곳곳으로 보급되기 시작하였다.

고령 현청 관아가 훤히 내려다보이는 주산에는 옛 가야의 고분군이 올망졸망 모여 있다. 멀리 화천 쪽으로 낙동강은 유유히 흐르고 있었다. 계속 내린 장맛비로 강물이 불어 황톳빛으로 넘실거리며 굽이치고 있었다. 포산 와우산성을 지키던 왜병들이 개진포구를 거쳐 성주 방면으로 모여들다가 다시 지례 쪽을 향해 진군하고 있었다.

선봉장 안코쿠지 애케이安國寺惠瓊가 지례 관아와 사창과 객사에 진을 두고 전라도 곡창 지역으로 보급로를 뚫기 위해 30마장 마다 분산시켜 두었던 병력을 모으고 있었다.

김면 대장은 급히 의령에 파발을 놓아 장수와 남원 쪽으로 진출하는 왜적의 예봉을 꺾기 위한 작전이 불가피하다는 것을 알고 있었다.

이미 왜병들은 7월 휘황한 보름달이 부황천과 감천이 합수하여 유유히 흘러가는 상부리 낙동강 유역과 향청과 관아를 장악하고 있었다.

붉은 홍의를 입은 곽 장군은 병장 윤탁과 함께 가례리 방면에 주력 부대를 매복시키고, 관군으로 황윤과 박응일, 오계영이 의병군과 합류하여 김면 장군의 휘하 의병들은 구미리와 임평리 방면으로 매복을 펼치기로 약속이 되었다.

　"윤 병장은 오늘 나와 같은 홍의로 변복을 하시오."

　"모든 매복진에서 멀리 떨어진 곳에는 잔병 몇 명만 보내어 입지 않는 헌 철릭으로 길목마다 나무에 달아매고 새벽녘까지 피리를 불고 북을 쳐주기 바랍니다."

　"그러면 새벽녘 왜적이 요동을 보일 때까지 일체 움직이지 말고."

　"길목마다 연노를 놓아서 제압한 다음 화룡 깃발을 올리거든 총공격을 하도록 합시다."

　"곽 장군, 안코쿠지 애케이는 학승이므로 머리가 매우 영리할 것입니다."

　"힘으로 대적할 것이 아니라 쓸기로 적의 기세를 꺾어야 할 것입니다."

　복병장 안기종과 대장 윤탁과 선봉장 심대승은 홍의 장군의 복장으로 변복을 하고 휘하 도총 박사제와 선봉장 배맹신을 매복 위치로 진을 짠 다음 기찰 심기일에게는 적의 동정을 살펴 수시로 보고토록 하였다.

날씨가 무척 무더웠다.

달빛이 따갑게 느껴질 정도로 밤공기는 후덥지근하게 산바람과 마주치고 있다. 짙푸른 달빛이 퍼지는 하늘이 한밤중까지 불그스레하게 어깨까지 내려와 앉는다. 손을 뻗히면 간간히 획획 스치는 구름도 거두어 드릴 수 있을 것 같았다.

부황천 물길은 골이 깊어 갈수록 옥빛으로 빛나고 길섶에는 산국이 일찍 꽃봉오리를 맺어 있고 곁에 있는 구절초, 꽃향유, 개미취 잎사귀는 바람을 일으키고 있다.

산비탈을 돌아 나가는 물푸레, 신갈나무, 황철나무가 울창한 숲속에 5보 간격으로 2열을 지워 매복을 배치하였다.

김면 장군은 어느덧 도곡리 뒷산으로 올라 지례 향청이 내려다보이는 산 정상에 올라 반짝반짝 부싯돌로 신호를 보내왔다. 곽 장군의 주력 부대를 왜적의 퇴로인 부황천을 따라 기목제골 방향으로 부황천 양안에 배치시킨 것이 주효했다.

새벽녘 왜병들의 기마병이 먼저 앞길을 열어젖히며 달려오고 그 뒤를 이어 화승총을 어깨에 멘 보병들이 뒤를 이었다.

부황천을 따라 도곡리에서 가물리 연도로 접어들자 총 공격 신호가 내렸다. 연노의 명중률은 대단히 높았다. 거기다가 화살의 탄성이 커서 두툼하게 입은 왜적의 갑옷을 꿰뚫어 관통할 정도의 위력을 가지고 있다.

갑작스러운 공격에 선도로 내달리던 기마병 20여 명이 한순간에 땅바닥으로 나뒹굴었다. 새벽 공기를 가르는 활의 시위 소리와 화승총 소리는 부황천 계곡을 뒤흔들면서 왜적은 사방으로 흩어지기 시작하였다. 고려엉겅퀴 꽃빛처럼 길섶에는 수많은 왜병들이 쓰러져 나뒹굴었다.

왜병 두서 명이 달려와 중위장 서예원 앞에 꿇어 앉아 절을 하면서

"살려 주십시오. 저는 무주에 사는 김 생원 댁 노비입니다. 무주에서 왜 병사에 잡혀 변복을 하고 길잡이 노릇을 하고 있사온데 이번 기회를 틈타서 달아나기를 결심하고 이렇게 탈출하였사오니 제발 목숨만 살려 주십시오."

"이놈, 당장 왜군 복장을 벗어라."

"네가 이곳 사창과 민가에 왜병을 인도하여 얼마나 많

은 양곡과 양민들의 재산을 분탕질 하였는지 네가 더 잘 알렸다."

"너의 죄가 결코 가볍지 않으니 어찌 살아나길 기대하느냐?"

주위장 서예원은 병졸을 시켜 즉각 목을 베도록 일렀다. 마침 그 곁에 있던 나는

"그래, 네 이름은 무엇인고."

"예, 막급이라 하옵니다."

벌벌 떨면서 힐끗 쳐다보는 눈에는 눈물이 주루룩 흘렀다.

"서 중위장, 보아하니 그리 사악한 놈이 아닌 것 같사오니 처분을 멈추어 주십시오."

"제가 거두어가서 연노 제작에 힘쓰도록 하겠습니다."

"참봉 어른께서 부탁하니 그대 말씀을 따르겠습니다."

"허나 곳곳의 왜병의 앞잡이가 바로 이런 놈들입니다. 오히려 왜놈들보다 죄질이 더 사오납지요."

"단속 잘하셔야 합니다. 특히 군사 기밀이 세어 나가면 큰일이 납니다."

"제가 알아서 잘 단속하리다."

"막급은 나에게 물었다.

142

"홍의 장군이 서너 명이나 되는 지요, 광천리 방면에서도 나타나고 남전리와 신룡리 쪽에서도 나타나니 바람을 타고 날라 다닌다는 소문이 자자합니다."

"어제 저녁 왜장들이 놀라서 주눅이 든 상황에다 갑자기 매복을 당하여 왜적은 거의 괴멸되었습니다."

"그래, 왜적의 상황이 어떤지 말해 보거라."

"금산과 무주 방면으로 길을 열어 전라도의 해안 길을 차단하려는 듯하옵니다."

"왜병들 가운데는 역질이 걸린 놈들이 태반이지만 달아나고 싶어도 달아날 곳이 없으니 아마 일부는 다시 일본으로 보낼 예정인 것으로 아옵니다."

송천 방향으로 아침 해가 둥실하게 매달려 있다. 아침 싱그러운 나뭇잎에서 오히려 후끈한 열기가 확 밀려온다. 풀벌레들이 일시에 고운 음색을 풀어놓는다. 벌레들의 소리는 어느새 부황천 물소리에 섞여 사라지고 의병들의 함성이 골골이 메아리친다.

"김면 장군, 이겼다. 곽 장군, 이겼다."

기세등등한 의병들은 오열을 지워 솔숲 사이로 흩어지고 있었다.

나는 곽상이와 우마 세 수레로 싣고 온 연노로 지례

전투의 승리를 짜릿하게 맛보았다.

곽상이와 왜병으로 끌려갔다 조금 전에 이쪽으로 넘어온 막급이는 우마를 끌고 재를 넘기로 하고 나는 새남이와 말을 타고 포산으로 먼저 달려 왔다.

김면 장군의 의병단은 개령 대양산 자락에 또아리를 틀고 있는 왜적 소탕을 위해 말머리를 돌려 진군하고 있었다.

며칠 전 년홰년이 건곽란을 만나 갑자기 죽었다는 전갈이 왔다. 아내가 논공에서 편지를 급히 인편으로 보냈다.

소나무 괭이불이 치직치직 소리를 내면서 이글거리는 그으름이 타래를 치며 사방으로 둥둥 떠 퍼졌다.

합천에 주둔하고 있는 내암 정인홍 의병장과 고령의 김면 장군의 의병단이 성주와 초계에 주둔하고 있던 모리 데리모토 왜병을 치기 위해 정예병 1천여 명의 의병을 거느리고 고령방면 성주 남쪽 사대촌에서 진을 쳤다.

왜장 모리 데리모토가 진을 치고 있는 성주 읍성은 넓은 평지이며 벽진, 월항, 대가, 선남 쪽으로는 훤히 뚫린 곳으로 평지전에 취약한 의병들이지만 그들의 반격이 만만찮았다.

성주에 진을 치고 있는 왜병들은 위로는 지례와 아래

로는 고령 개진과 포산을 연결하여 대구읍성에 주둔하고 있는 왜병들과 연계하면서 경상우도에 많은 민가를 약탈하여 그 피해가 엄청나게 컸다.

성주와 초계를 연결한 왜군의 교두보를 차단하지 않으면 이미 북쪽에서 밀려 남쪽으로 진군해 내려오는 왜병과 결합될 경우 경상좌도가 다시 초토화될 위기에 놓여 있었다.

고령 운수에서 용암으로 넘어가는 길목인 용정에 이르렀을 때, 초립을 쓴 장성 같은 사내 대여섯 놈이 길을 막았다.

"보아하니 양반님 같은데 이 밤길을 어디로 가능교?"

"재 넘어 왜병들이 박실거리는데 왜병의 앞잡이가 아닌가?"

번쩍이는 한도를 목 밑에 들이대었다.

말고삐를 잡고 있던 곽상이가 앞으로 썩 나서면서

"이놈들, 아무리 무례하지만 어디 함부로 이리 구느냐?"

"왜병의 칼을 맞고 돌아가신 어르신을 면리하러 가는 길인데 너희들은 효가 없는 놈들인가?"

"이 어르신은 재 넘어 한강 어르신의 문하생인 곽참봉 어르신이다."

"감히 어디에 이런 무례한 짓을 하느냐. 가는 길을 열 도록 하여라."

고래고래 고함을 쳐 상대의 기를 죽이려 했지만 그 사 내놈들은 칼을 허공에 휘두르면서 우리 일행을 길 섶 나 무 쪽으로 몰아 세웠다.

"어디 보자. 이 소바리에는 무엇을 숨겨 가는가?"

두 놈은 솔가지로 뒤덮은 소바리를 들추기 시작하였 고 세 놈은 우리들에게 다가와서 칼을 겨누면서 전대를 털려고 달려들었다.

"에이, 이 고얀 놈. 너희들은 이 나라가 이처럼 위난지 세에 빠졌는데 무슨 할 일이 없어 한 동족을 이리 괴롭 히려 하는가?"

하고 고함을 벽락같이 치니.

나에게 달려들던 사내가 얼굴을 내밀면서 나의 얼굴 을 자세히 바라보았다.

"아니, 널진이를 밤마다 남의 빈소방으로 후려내던 창녕 역참 노비 억술이가 아닌가."

"아이고, 참봉 어른"

말을 채 잇지 못하고 땅에 엎드렸다.

"죽을죄를 지었습니다. 제가 창녕과 포산에서는 얼굴

들고 살지 못해서 이리 흘러들어 호구지책으로 이런 못된 짓을 하고 삽니다."

"참봉 어른, 용서해 주십시오."

"너희들 멈추어라. 이 어르신은 내가 잘 아는 곽 참봉 어른이시다."

사납게 달려들던 사내들이 어깨를 움츠리며 고개를 숙였다.

"그런데 저 소바리에는 활이 가득 실렸던데, 재 넘어가다가 왜병에게 들키면 살아남지 못할 텐데 어딜 가십니까?"

"너희들 나와 함께 가자. 의병에 들어오면 너희들 곡량은 해결될 터이니 이리 나쁜 짓 하지 말고 나라를 위해 그 남아도는 완력을 쓰도록 해라."

"재를 넘어 가면 김면 장군이 이끄는 의병군이 진주하고 있으니 이 밤길을 너희들이 앞장 서거라."

반딧불이가 유성처럼 휘날리고 온갖 풀벌레 소리가 인기척에 놀라 갑자기 조용해지면 멀리 개구리 울음소리가 우렁차게 밀려왔다.

다섯 장정이 소바리를 뒤에서 밀고 앞에서 당기면서 함께 성주 용암을 지나 중거리 재를 넘어 섰다.

억술이는 내가 탄 말에 바짝 붙어서 따라 오면서

"녈진이는 잘 있습니까?"

모기소리처럼 기어들어가는 소리로 물었다.

감히 평시라면 있을 수도 없는 일이건만…….

"그래, 녈진이는 마님이 창녕 이방에서 신노비로 데려 온 아이인데 그때부터 너는 알고 있었던 모양이제."

"예, 저가 창녕 역참 노비로 있을 때 합산 오야에 살던 참봉어른 처가댁에 파발 전달하느라 자주 들렀지요."

"편지 심부름도 하고 하참의 댁에 파발을 전하러 자주 들렀습죠."

한참동안 침묵이 흘렀다.

하현달이 실눈처럼 청청 하늘에 떠 있다. 재 마루여서 그런지 하늘별이 더욱 총총하게 빛나고 있었다. 나무와 풀냄새가 진동하고 삐걱거리는 소바리의 소리만 밤길의 적막함을 흔들고 있었다.

"아직도 너는 녈진이를 못 잊고 있는 모양이제."

대답이 없었다.

"아무리 그래도 사람의 생사가 명각에 달려 있는 이 전란 통에 녈진이를 남의 빈소방에 꽤어내는 일은 능지 처참을 당하여도 부족한 일이로다."

"네가 의병 군역을 마치고 전란이 가라앉으면 널진이와 혼례를 올리도록 주선하마."

억술이 놈이 가던 길을 멈추고 길바닥에 엎드렸다.

"참봉 어른, 소인을 용서해 주시옵소서."

"저 목숨을 걸고 왜적을 물리치고 꼭 살아서 포산으로 돌아가겠습니다."

성주 사대촌이 내려다보인다.

어둠이 휘감고 있는 사대촌은 적막한 산그늘에 엉켜 산등성이가 그려내는 하늘선이 더욱 또렷하게 들어났다. 2인 2조의 초병이 길목마다 지키고 있었다.

고령의 가장 손승의에게 억술이와 함께 온 네 놈의 장정을 의병으로 편승시키도록 한 뒤에 연노와 화살을 넘겨주었다.

내암 정인홍 대장이 반갑게 내 손목을 덥석 붙들면서

"곽공, 참으로 고생 많았소. 이 어려운 시기에 목숨을 걸고 이토록 의병을 후원해 주니 우리가 힘이 납니다."

"지난번 점필재 선생의 향사 의재에서 소요당 박하담과 함께 만난 이후 오랜만에 뵙습니다."

"이 먼 밤길에 오시느라 노고가 너무 많았습니다."

사대촌 막사에는 불빛이 밖으로 새지 않도록 천막을

내리고 한쪽 구석에는 희미하게 타들어가는 송이괭이불이 바람에 흔들리고 있었다.

송암 김면 장군이 막사로 들어왔다. 눈썹이 유난히 길고 눈고리 위로 치켜 든 김 장군의 위용은 당당하게 보였다.

"곽 참봉, 경상도 의병은 곽 참봉의 덕으로 유지합니다 그려."

껄껄 웃으며 읍으로 예를 보냈다. 진중의 장수들은 그래도 여유가 있어 보였다.

정 장군과 함께 머리를 맞대고 내일 새벽에 펼친 전투의 작전을 수의하고 있었다. 막사 바깥은 훨씬 시원했다. 밤바람이 건듯 부니 이마와 겨드랑이에 땀이 건듯건듯 마르는 것 같았다.

협공을 위해 일부 의병들은 성주 대가 쪽으로 넘어가 매복하고 있었다.

일천여 명의 의병들은 내일 전투를 위해 여기저기 나무 아래에서 잠을 이루고 있고 외각을 수비하는 수비병들은 2인 2조 교대로 지키고 있었다.

잠이 오질 않았다. 이쪽은 평지전을 해야 하고 왜병들은 성을 수비하는 전투라 여러 가지 불리하다는 생각이

들었다.

축시 무렵 내가 넘어온 중거리 방면에서 개령에 주둔하던 왜병들이 북을 치며 이쪽으로 진군하고 있었다. 정 장군과 김 장군은 초조한 얼굴빛을 하고 완전히 협공을 당할 지경이라는 것을 알아채고 즉각 전 의병 병력을 출진시켰다.

"왜적의 화승총 사거리가 멀기 때문에 성주 읍성 벽을 향해 최대한 신속하게 가까이 접근하도록 하라."

의병대기를 앞세운 김면 장군이 탄 말이 선도를 이끌면 성주 읍성을 향해 돌진하였다. 이천을 건너서면서 의병들은 부채 살처럼 읍성을 감싸 안으면서 손살처럼 성벽 가까이 다가서자 잠잠하던 성안의 왜병들이 일시에 화승총을 발사하기 시작하였다.

개령 방면에서 진군하던 왜병들이 의병을 둘러싸기 시작하였다. 아직 어둠이 짙었다. 성산 방면으로 틈이 생긴 포위망을 뚫고 의병들이 후퇴하기 시작하였다.

선두에서 한도를 휘두르며 용맹스럽게 돌진하는 평복 차림의 억술이가 눈에 들어왔다.

김면 대장의 의병대 기가 왜병들에게 낚아채이자

읍성의 지축을 흔들릴 정도로 "와……" 하고 왜병들이

함성을 지르자 의병들은 혼비백산하여 성산 쪽으로 휩쓸려 밀려갔다. 마치 낙동강의 장마물길처럼.

고령의 가장 손승의는 왜병의 흉탄에 쓰러지고 성주 읍성 곳곳에는 희끗희끗한 주우적삼을 흩어놓은 듯이 피 범벅이 된 시체들이 볏단을 늘어놓은 듯했다.

나는 곽상이와 함께 소바리를 그대로 둔 채로 급하게 고령 방면으로 말머리를 돌렸다.

선산의 승보군 노역임과 상주 방면의 상의군 김각이나 충보군 김홍의에게 파발을 내어 양면 협격을 시도하지 않았던 것이 폐전의 요인이었다.

달성 개진 포구에 이르러 겨우 한숨을 돌렸다. 낙동강 건너 편 석문산성이 바라다 보이는 개진포에 내리자 퇴적층 풀밭에는 산나리와 호랑나리꽃이 붉게 타고 있었다.

성주 읍성 바깥마당에 쓰러진 의병들의 모습처럼 피어오른 호랑나리꽃 사이사이로 상사화와 뚱딴지와 애기똥풀의 노란 빛이 뒤엉켜 피었다. 성산 방면으로 퇴각하는 선두에 서서 달려가던 억술이의 모습이 눈에 선하다.

대구 달성에 진주하고 있던 왜장 아카시 노리자네明石則實의 휘하 군사들 여섯 명이 말을 타고 현풍 포산 관아로 밀어닥쳤다. 지난 6월에 개진포에서 일본 안택선으로 싣고 내려오던 궁중 보화를 찾으러 나타난 것이다.

자시 무렵 포산의 관노비가 찾아 왔다. 향교의 소두인 김팽년이 왜병이 밀어닥치자 겁에 질려 나를 모시고 오라는 전갈을 보냈다.

왜장과 통역으로 함께 온 서병직이라는 자가 지난 유월 개진포에서 탈취한 궁중의 보화를 모두 왜병에게 돌려 달라는 말이었다.

아카시 노리자네는 관동지방 도쿠가와 막부에 소속된 왜장으로 이미 지난번 경주 지역에서 탈취한 『삼국유사』와 『사서삼경주해』 등 한적에 관심이 많아 이를 도쿠가와에게 보낼 심산이라는 사실을 귀띔해 주었다.

"어찌 이것이 일본의 물건이 아닌데 그쪽에서 이것을 가져 갈 수 있다는 말이요."

"당신도 조선인이거늘 어찌 이럴 수 있소."

서병직이라는 통역관에게 나는 조용하게 따졌다.

서는 다시 왜장에게 내 말을 전하여 통역하였는지 눈이 휘둥그레 하면서 나를 쳐다보더니 무슨 말을 서병직에게 전하였다.

"이 분은 왜장 가운데 아주 고위직으로 매우 점잖으신 분입니다. 이 문제로 다투고 싶지 않으니 고분하게 넘겨

주는 것이 좋을 듯합니다."

어제 저녁 성주 읍성에서 왜병의 총칼에 숱하게 쓰러진 대소민들을 생각하면 그렇잖아도 울분이 터질 지경인데……

향교의 소두인 김팽년이 눈짓을 하면서

"곽공, 우리가 아무리 우겨도 환란만 자초하는 일이 될 뿐이니 순순히 넘겨주도록 합시다."

"절대로 안 됩니다."

"지중한 임금님의 하민으로서 나라를 이 지경으로 분탕질하는 왜병에게 임금님과 왕실의 손길이 묻은 보화와 서책을 어찌 왜적에게 넘겨 줄 수 있습니까?"

서병직이 내가 하는 말을 그대로 통역을 하는 것 같아 보이지 않았다. 다만 반대가 심하다는 말로 왜장에게 말하는 것 같았다.

문 밖에는 말 세 필에 수레를 매달고 조선인으로 보이는 하인배 서너 사람이 웅성거리며 서 있었다. 멀지 않아 왜인들이 조선뿐만 아니라 명나라까지 통치할 것이라는 서병직의 말을 듣고는 당장 칼로 베고 싶은 격정이 치솟았지만 꾹 참고 기다렸다.

왜병들이 갑자기 공손하게 읍을 하더니 돌아 나갔다.

"포산이 다시 불바다가 될 터이니 잘 생각하시오"라는 무서운 한 마디 말을 남기고는 논공이 쪽으로 사라졌다.

한참 동안 멍하니 포산 들녘을 바라보고 있노라니 향교 소두인 김팽년이

"큰일 났습니다. 저놈들이 앞으로 무슨 짓을 저질지 걱정입니다."

그날 밤 의령 곽 장군에게 파발을 보냈다.

와우산성을 점령하고 있는 왜병들이 미구 간에 이곳을 침탈할 것은 뻔한 노릇이다.

차재에 영산 쪽 왜병과 함께 포산 일대를 차지하고 있는 왜병들을 쓸어낼 계책을 세워 줄 것을 당부하는 부탁이었다.

영산 쪽 방면을 차단한 다음 와우산성은 위에서 아래로 쳐 내려온다면 쉽게 산성을 다시 점령할 수 있다는 말을 단서로 붙였다. 곽 장군은 이곳 지형지물에 능하기 때문에 지난번 성주 읍성 전투보다는 훨씬 유리하리라는 판단이 섰다.

그 다음날 곽 장군의 휘하의 군관 조사남과 돌격장 권난과 함께 화적질을 하던 억술이를 포함한 다섯 명의 장정이 밀어닥쳤다.

7월 열 여드렛날 개진 방면은 김면 장군이 방어토록 하고 곽장군 휘하의 의병들과 창녕에 의병장 곽율과 더불어 성정국, 성천희, 신방주와 창녕의 관군 성안의, 배대유, 신초, 성이도, 양도립을 영산 방면의 방어에 참여토록 하는 동시에 밀양 지역의 소요당 박하담의 의병과 포산의 백사공의 사위 박형달, 곽성의 사위인 이광진과 함께 와우산성을 탈환하는 작전을 수립했으니 즉각 파발을 놓아 작전에 차질이 없도록 도와 달라고 당부하였다.

돌격장 권난은 부리부리한 눈을 치켜 떠면서 억술이 쪽을 턱으로 가리키면서

"저 화적 놈들 쓸만하던데……. 이쪽의 지형에도 밝고 용맹스러우니 이곳에 남아 열 여드렛날 작전에 차질이 없도록 준비하도록 하게."

"시장끼가 도니까, 곽 참봉 어르신 댁에서 저녁이나 한 끼 때우고 돌아가리다."

작은 조시가 차려온 밥상에는 서숙에 보리쌀을 섞은 밥그릇을 눈 깜빡할 사이에 다비우고 '끄르륵' 긴 트림을 하더니 조사남과 권난은 자리를 털고 일어섰다.

억술이 패거리 거처는 곽상이가 기거하다 지금은 비어 있는 문간채를 사용하도록 하였다. 사랑채로 돌아오

면서 앞날을 생각하니 걱정이 앞섰다.

저놈이 논공이에 있는 널진이가 보고 싶어서 온 것이 틀림없으리라. 아무리 못난 하민일지라도 사람이 사람을 좋아하는 것은 인륜지정이 아닌가.

삼지도

"험 험."

큰 기침을 뱉는 소리가 틀림없이 억술이었다.

"참봉 어르신 저가 칼잡이 노릇을 해 본 지 오래됩니다."

"이 한도칼 보다 칼에 가지를 몇 개 더 달면 조금만 스치더라도 결정적인 위력을 보일 수 있으며 상대방의 칼날이 가지가 달린 칼에 걸려들면 완력으로 상대를 제압할 수 있습니다."

"제가 칼의 본을 떠서 그림으로 그린 것이 있사오니 백 자루만 만들어 주십시오."

"그래, 어두워서 보이질 않구나. 사랑채에 잠깐 들어

가서 보여 다오."

그렇잖아도 널진이 문제에 대해 이야기를 더 나누고
싶은 차제에 잘 된 일이라 싶어 사랑채로 들어서자 방안
에 들어오기가 어려웠던지 문전에서 엉거주춤 멈추어
서 있었다.

"들어오너라, 아무 걱정 말고."

밀 촛불을 켜고 칼의 도면을 보니 칠지도와 같은 모양
이었다. 장칼에 나뭇가지처럼 벌어진 칼날의 모양이었다.

"그래, 이 칼로 적과 대항하려면 너와 같이 완력이 있
어야 되지 완력이 떨어진 사람에게는 칼을 재빠르게 사
용하는 데 도리어 불편하지 않겠는가."

"물론입조. 그러니까 적어도 저같이 힘깨나 쓸 수 있
는 의병을 골라 돌격대로 쓰면 되지요."

"성안에 진입하여 평지 전에서는 화승총과 화살이 안
통합니다."

"그래, 알았다. 지금 쇠뇌를 만드는 데 철물이 부족한
상황이지만 너의 이야기를 들으니 일리가 있다."

"내일부터 만들면 백여 자루는 보름 전에는 만들 수
있지 않겠는가."

불빛이 반사된 창호 문에는 가녀린 어둠과 밝음이 불

빛 흔들리는 되로 일렁거리며 묘한 그림을 그려내는 듯하였다. 몸집이 큰 억술이가 꿇어 앉아있더니 다리가 저린 듯 몸을 비틀며 앉집 자세를 바꾸었다.

"어르신, 저는 이제 나라를 위해 저 한 목숨 바칠 작정입니다."

"지난 날 돌이켜 보면 철없이 지은 죄가 많습니다."

내 처가에 노비와 양인의 딸 사이에 태어난 억술이는 그 모의 재산으로 분재가 되었지만 기어이 제 외가로 가지 않고 창녕 오야에 머물렀던 이유가 널진이 때문이었다는 이야기를 늘어놓았다.

널진이가 진주 하씨인 내 아내를 따라서 이곳으로 신노비로 거처를 옮겨오자 매일 술로 그리움을 달랬으며 역방 하인패거리와 싸움질이나 하면서 살아왔다.

논공에서 널진와와 추문이 온 동리에 번지자 그 길로 화적당을 조직하여 텅 빈 사창이나 피난 가는 사대부들을 강탈하고 살고 있었다. 요행히 지난번 나를 만나 너무나 너그럽게 지난 일을 용서해 주시고 전란이 끝나면 널진이와 혼례를 올려 주겠다는 말에 감동하였다고 울먹이며 하소연을 이어갔다. 앞으로는 나라를 위해 바르게 살겠노라 맹약을 하였다.

"그래, 밤이 깊었으니 이만 물러 가거라."

"세상 사람들 누구나 허물이 없는 사람이 어디 있겠는가? 제 잘못을 깊이 깨닫고 새사람이 된다면 다 용서받을 수 있다."

"이번 와우산성 전투는 그리 만만치 않다. 산세도 험하고 하니…… 단단히 마음먹고."

잠이 오질 않았다.

밀초의 농이 흘러내려 꽝꽝 얼은 고드름처럼 촛대에서 흘러내리고 있다.

붐하게 하늘이 잿빛으로 일어나고 있었다. 아직 사람들은 깊은 잠에서 깨어나지 않았는데 멀리 개 짖는 소리가 '컹, 컹' 울리고 있다.

음지골로 올라가는 산 길섶에는 짙은 아침 이슬에 한얀 꽃망울이 몽올몽올 맺힌 새발둥굴레 줄기를 흔들면 딸랑딸랑 소리가 날 것 같다. 구궁초와 산포미의 줄기가 발에 밟혀 아삭아삭 자지러지는 소리를 내며 아파하고 있다.

불무깐에는 아직 화기가 후끈거리고 있다. 고된 일로 곽상이, 철래, 순억이를 비롯하여 목공장이 새남이는 깊은 잠에 빠져 있었다.

아이들을 깨우지 않고 나는 말없이 불무간에 모루에 걸터앉았다.

빨랫줄에는 하연 소 인대가 빨래처럼 걸려 있고 여기저기 거푸집과 전촉들이 흩어져 있다. 인기척을 느꼈는지 곽상이가 부시시 눈을 떠 나를 보더니 벌떡 일어나 읍을 하며

"참봉 어른, 오늘 어이 이리 일찍 올라 오셨습니까?"

"급히 삼지도三枝刀를 만들어야 할 것 같네."

"이게 도면인데, 이달 보름까지 백여 자루를 만들어야 하네."

"특히 담금질을 여물게 하여 칼날이 쉽게 깨지지 않도록 강도를 높일 수 있는 방법을 찾아 만들어야 하네."

새남이는 어느새 일어났는지 활고자에 덧댈 쇠가죽을 붙이고 또 활줌통에는 명주로 꼰 실로 챙챙 동여감고 있다가 나를 쳐다보며

"아이쿠, 어르신. 청도에 의병장 박경전 장군 휘하에서도 화살 일천 순과 쇠뇌 일천 좌를 만들어 달라는 전갈이 왔습니다."

"삼지도 백 자루 만드는 일은 아무 일도 아닙니다만 지금 손이 너무 부족합니다."

"활오뇌, 활도지개, 세갈고지살, 울고도리를 만드는 일이 보통이 아닙니다. 애살받은 손길이 얼마나 가야지 제대로 힘을 받는 연노를 만들 수 있습니다."

"곽상아, 지난 번 성주가는 길에서 만났던 화적떼 억술이 기억나지. 그놈이 어제 솔례에 와 있다."

"일 손이 정 달리거든 억술이하고 화적 놈 다섯을 붙여 줄 테니 일을 시켜 보아라."

잠을 자던 철래와 순억이도 잠자리를 털고 일어났다. 곽상이의 얼굴이 심통하게 바뀌면서

"참봉 어르신, 그놈 아주 나쁜 놈입니다. 능지처참해도 시원찮은 놈 아닙니까?"

"온 집안과 마을을 흉흉하게 뒤집어 놓은……."

"네가 잘 알고 있다. 사람이란 그럴 수도 있다. 용서할 줄 아는 것도 인간이기 때문이다."

"어제 밤늦도록 제가 자라난 과정과 그 동안 널진이 문제에 대해 깊이 뉘우치고 있더구나."

"잘못해서 여기 기밀이 왜병에게 누설되면 그 화를 어찌 감당할 수 있겠습니까?"

"모자라는 무쇠는 화원 천내에 연락하여 조달해라."

"오늘 오전 중으로 억술이 일행을 여기로 보낼 터니

나는 그리 믿고 가마."

멀리 안산 고개 아래 논공 아침걸미골에 버섯처럼 흩어져 있는 인가가 눈에 들어온다. 보통 이맘때쯤이면 아침 짓는 연기가 희뿌옇게 흩어지련마는 인기척 하나 없이 고요하다.

풀덤불 사이로 박꽃이 하얗게 피어 있고 호박순이 때죽나무 둥치를 타고 올라 호박이 주렁주렁 달려 있다. 행전에는 아침이슬이 베여 축축하게 발목과 종아리를 타고 오른다. 붉나무, 화살나무, 애기 단풍잎이 벌써 불그스레 꽃물이 번지고 딱새들이 떼를 지어 아침 하늘을 열고 있다.

새밭골 입구에 내장을 쏟아 낸 소머리와 핏물에 뭉친 각을 뜬 소가죽에는 쇠파리 떼들이 잉잉거리며 날고 구더기가 소머리의 눈두덩과 이빨 사이로 우글거리고 있다.

멀리 도포를 입고 유건을 쓴 사람이 후적후적 올라오고 있다. 서로 움칠 몸을 피하려다 왜인이 아니라는 것을 알아채고는 그대로 마주쳐 올라오고 있다. 논공 각골에 사는 김 생원이었다.

"곽 참봉 어르신, 저는 유곡 짐실에 제사가 있어 참사하고 오는 길입니다."

"우얀 일로 이른 아침에 여기까지 오셨습니까?"

김 생원은 살기가 힘이 들어 논공이 전답을 도지로 근근이 명을 유지하면서 단 하루도 서책을 놓지 않고 근면히 공부를 하는 유생이다. 항상 나를 만나면 사민의 도리를 제대로 못한다면서 몸을 낮추는 염량이 꽉 찬 사람이다.

"논공이 집에 들렀다. 그냥 휙 한 바퀴 둘러보러 왔다네."

"그런데 어제 큰댁 잿날에 재종반들이 모였는데 와우산성의 왜병들의 움직임 심상찮다고 그러네요."

"비슬산 대전봉에 오르면 와우산성이 눈 안에 들어오는데, 재종질이 산성을 내려다보니 우리가 설치해 두었던 대장군포를 전부 거두어 내고 불랑기포를 총총 산성에 배치를 하고 있다고 합디다."

김 생원의 이야기를 듣는 순간 아마 포산 현청을 점거하려는 작전이 시작된 것이 아닐까라는 생각이 스쳐지나갔다. 오늘 영산 쪽과 고령의 김면 장군께 연락하여 개령 쪽 왜병의 동태를 알아봐야겠다.

전쟁은 이름난 장수들만이 하는 일이 아니다.

여기저기 적병의 정보를 수집하여 알려 주고 또 사민이나 하민이 합심하여 궐기하는 동시에 뒤에서 군곡을 마련해 주고 또 군기를 만들어 주는 일이 어쩌면 더 중요할지 모른다.

관군은 거의 해산 지경이고 의병도 지역 방어에 몰두하고 있어 효과적인 작전을 위해서 내가 할 일이 너무나 많고 중요하다.

나의 예측이 맞아 떨어졌다.

현풍 관아와 낙동강의 주요 요새인 석문산성을 장악하기 위해 대구에 진주하고 있던 왜장 아카시 노리자네明石則實의 휘하 왜병들과 고령의 개령에 주둔하고 있는 안코쿠지 애케이安國寺惠瓊 휘하 왜병이 협공하여 개령과 영산을 잇는 요충지인 포산을 공격할 것이라는 대장 윤탁의 파발이 당도하였다.

보름날 야밤을 이용하여 화원과 영산 그리고 개령 방면에 의병들의 방어진 구축을 위한 움직임이 눈에 띠었다.

청청 마른 날에 하늘에 번개가 치고 우레 소리가 진동하더니 몰려가던 여우비가 서너 차례 포산 들판을 스쳐 지나갔다. 오후 무렵 갑자기 하늘이 캄캄해지면서 폭우가 내렸다.

빗줄기는 그치지 않고 이틀 밤낮 계속 내렸다.

성주 백천이 범람하여 동암리 일대가 물바다가 되었

고 낙동강변 개진, 우곡, 덕곡 일대도 물바다가 되었다. 생쥐처럼 물에 젖은 고령 의병들은 미리 강을 건너와 석문산성에 진을 치고 있었다.

열나흘 날 저녁 무렵, 유가 산성 쪽에서 굴형말과 거할마와 소태성말 십여 마리를 탄 왜병 기마병들이 빛살처럼 포산 성내로 달려왔다.

그 가운데 공골말을 탄 이는 유곡리에 사는 홍정바치 쇠덕이었다. 기마병의 앞을 이끌어 길잡이 노릇을 하면서 득달같이 달려왔다. 그 뒤로는 빈 수레를 맨 열 필의 말을 이끌어 달려오고 있었다. 고들개 소리 짤강거리며 요란스럽게 밤공기를 흔들어 놓았다.

향청 익랑방에 있던 춘세와 배덕이가 쫓아 나왔다.

솔례에서 바라다보면 유가에서 포산 쪽으로 굽이치는 산모랭이를 돌아나가는 왜병 의병대가 먼지를 일으키며 달리는 모습이 훤하게 보였다.

현청 관군들과 접전을 벌이게 될 것 같았으나 잘 길들여진 의병대와는 만만찮은 접전이 될 것 같았다. 며칠 전 대구에 진주하고 있던 왜장 아카시 노리자네明石則實의 휘하 군사들이 노리던 궁실 보화를 탈취하기 위해 작전이 개시된 것 같다.

"춘세야, 빨리 석문산성으로 달려가 저놈들이 다시 와우산성으로 돌아가기 전에 음리와 양리 두 곳에 매복을 하여 저놈들을 칠 수 있도록 의병을 보내라고 연락을 하거라."

급히 김면 장군의 휘하의 복병장에게 보낼 서찰을 써서 파발을 보냈다. 초초하게 기다림의 시간이 길게 흘렀다. 석문산성으로 보낸 춘세도 아직 연락이 없었다.

멀리 포산에서는 연달아 울리는 화승총 소리에 하늘에 뜬 별들도 일렁거리며 비처럼 쏟아져 내릴 것만 같았다.

화승총 소리에 놀라 가까이 치르럭치르럭 울던 여치 소리와 철 이른 귀뚜라미 소리도 숨을 죽이고 멀리 가까이 울어대던 개구리와 억머구리 소리도 일시에 울음을 그친다.

봉오종이 다북쑥을 한 웅큼 피웠던 모깃불이 빛을 잃고 잦아질 무렵 오산에서 상리 쪽 들녘을 가로지는 의병대들이 탄 말들이 보였다.

다시 들판의 개구리 울음 소리가 합창을 하듯이 울려왔다. 멀리서 들려오는 저음의 억머구리 소리와 가까이 악을 올려 우는 개구리 소리가 서로 부딪히지 않고 오리나무 잎사귀를 흔들고 있다.

보름달에 가까운 달빛이 유난히 밝다. 집 앞에 황벽나무와 느릅나무의 입사귀가 달빛을 받아 푸르다말고 연녹색 빛깔로 번져가고 있었다. 곧 가을이 올 모양이다.

자시 무렵 다시 왜병 의병대의 말발굽소리가 양리방면으로 휩쓸려 갈 무렵 울고도리 활 살 소리가 서늘한 밤공기를 가르며 빗발처럼 쏘아대는 연노 활대소리와 함께 화승총 소리가 이산 저산에서 되받아 밀려왔다.

축시 무렵 의병대들이 솔례 쪽으로 몰려왔다.

춘세가 숨을 가쁘게 몰아쉬면서 사랑채 문전에 달려와 퍽 엎어지면서

"참봉 어른, 현풍 관아에 있던 궁궐의 보화와 서책들을 몽땅 강탈당하고 관군은 거의 몰살당했습니다."

"허나 상리에 매복해 있던 의병은 큰 피해가 없었고 왜병의 앞잡이인 유곡리에 사는 홍정바치 쇠덕이는 산채로 잡았습니다."

"의병들은 다시 산성으로 되돌아갔습니다."

"어두워서 얼굴을 식별할 수 없었지만 왜병의 앞잡이들 가운데 큰집의 노였던 갑생이와 태복이가 미리 향청에 나와서 길을 인도하는 것 같았습니다."

"어서 잠자리에 들거라."

"세상의 형편이 다 그런 것 아닌가?"

"저놈들도 나라가 평정되면 다 후회할 것이니 과히 걱정하지 말아라."

"왜병보다 조선 놈이 더 문제가 많습니다."

"제 나라가 망할 위경에, 죽으면 죽었지 어찌 왜병의 앞잡이가 되어 저리 설칠 수 있습니까?"

날이 밝았다. 오늘 밤 의령의 곽 장군이 이곳으로 행차한다는 전갈이 왔다.

와우산성 토벌 작전에 나설 의병장은 곽재우이고 복병장에는 안기종과 청도에서 소요당 박하담과 밀양의 의병장 손기양과 박경전이 가담하였다. 대장은 윤탁과 창녕 지원 의병 장수인 성천희, 성안이, 성정국이 맡았다.

석문산성에 당도한 곽 장군과 박하담, 김면 장군들이 모여 앉았다.

의병을 3진으로 분산시켜 1진은 화원으로 넘어오는 왜병을 차단하고 2진은 개진으로 넘어올 왜병을 차단할 계략이 있었지만 이미 지난주 내린 태풍으로 개령진을 왜병이 쉽사리 강을 건너지 못할 것을 예측하고 주력 진은 와우산성을 토벌토록 결정하였다.

"이번 와우산성 토벌은 치밀한 계략이 필요하다."

"창녕과 대구 그리고 성주 방면의 왜군 잔류 부대가 합류하지 못하도록 철저하게 차단하고 주 산성 공략은 산세가 험하니 비슬산 상단에서 아래로 산성을 공략토록 할 것이다."

"산성 후방 공격에 접근 전에 강한 용맹한 의병 200명을 선발하여 산성 안으로 침투해야 한다."

"곽 장군, 저가 그동안 몰래 키워놓은 화적떼와 삼지도 100여 자루를 마련해 두었습니다."

"목숨을 걸고 접근전을 펼칠 놈이 있습니다."

"창령역의 노비였던 억술이 일당의 완력이 센 화적 무리를 대령시켜 두었으니 삼지도 시범 무술을 한 번 보시지요."

그날 밤 소바리에 삼지도 100여 자루를 생솔가지로 위장해서 싣고 함께 따라온 억술이와 잔손이, 덕공이 등 여섯 놈은 때를 만난 듯이 장칼 삼지도를 가슴에 품고 넙죽 큰 절을 올렸다.

삼지도를 휘두르며 비호처럼 허공을 빙글 날아올랐다. 화적질 하던 여섯 놈이 불을 틔기며 삼지도를 휘두르고 장솔가지와 자작나무와 황벽나무 가지를 후려 내렸다. 앞을 가리던 숲이 뻥 뚫린 자리에 하늘의 별이 쏟아져 내릴 것 같았다.

"네놈들 무술을 어떻게 익혔는가?"

"쓸 만한 놈들이니 산성 뒤편 장송을 미리 베어두었다가 뗏목을 엮어 산성벽에 걸쳐 바로 뛰어들도록 하라."

돌격대장과 함께 산지도 100자루를 나누어 주었다. 기밀한 작전회의가 밤늦은 줄 모르고 이어졌다. 산성 뒷산에서 부엉이 소리가 끊기며 화승총을 울리듯 딱따구리 소리가 횃불을 가늘게 흔들고 있었다.

어제 잡아 온 왜병의 앞잡이인 유곡리에 사는 흥정바치 쇠덕이를 끌어 왔다. 딱장을 받기 위해 끌려 나온 쇠덕이는 머리는 봉두난발이 되었고 이미 눈두덩이는 퍼렇게 물들고 입술은 벌겋게 터져 있었다.

의병대 기찰 심기일이 나직한 목소리로

"너 이놈, 너는 왜놈의 무리이냐?"

"어찌 네 동족을 팔아먹고 너 혼자 살 수 있다고 생각하느냐?"

"너와 같이 잡혀가 왜병의 앞잡이 노릇을 하는 놈이 몇 명이나 되며, 산성 내에 왜병이 얼마나 진주 하고 있는지 소상히 말하거라."

"예. 소인이 꼭지딴이고 염탐꾼인 딴꾼이 여남 명이

됩니다."

"곽 참봉 큰댁 노였던 갑생이와 태복이는 현내와 산성을 들락거리며 딴꾼 짓을 하고 소인은 길잡이 노릇을 했습니다."

"다른 생각 없이 살아남기 위해 다른 구처가 없어 그랬습니다. 죽을죄를 지었습니다."

와우산성 안에는 기병대와 화승총수 등 왜병이 300여 명이 주둔하고 있으며 조선인도 수십 명이 잡혀 들어 민가에서 훔쳐 온 소를 잡거나 양곡과 부식을 조달해 주고 있다고 쇠덕이는 주리를 틀 겨를도 없이 술술 곧은불림을 토해냈다.

"네놈이 살아날 생각이 있느냐?"

"억술아, 네놈이 저놈을 앞장 세워 진중에 있는 왜장에게 접근하도록 이끌어라."

"만일 딴짓거리를 하는 즉시 목을 베라. 그렇지 않고 순순히 말을 들으면 살려서 의병에 가담토록 하여라."

쇠덕이는 머리를 땅바닥에 조아리며 소인의 죄를 사할 수 있도록 왜병을 치는 데 목숨을 바칠 것이라는 다짐을 받고 토주 한 사발을 먹였다.

억술이가 삼지도를 하늘로 치켜들었다. 달빛에 번쩍

이는 칼날로 허공을 베니 푸른 하늘에 뜬 구름이 폭포가
되어 땅바닥으로 쏟아질 듯하였고 허공을 벤 칼날의 웅
웅거리는 소리는 메아리가 되어 퍼져갔다.

들판 곳곳에는 병마에 다친 말과 소들이 버려져 썩어
가고 있다. 가끔 산짐승들이 나타나거나 수리나 새매들
이 날아와 시체를 뜯어먹긴 하지만 썩는 냄새가 진동을
한다.

김흥니마 밑에서 말을 먹이고 치던 일년이를 시켜 논
공 불매깐 곁에 마구를 만들었다. 그리고 왜병들이 버리
고 간 들피진 말이나 거치는 말을 몰아와 치료를 하며
보살펴 기른 말이 근 30여 필이 되었다.

그 중에는 뜬 말, 눈먼 말, 비루먹어 절뚝거리는 놈,
칼에 맞아 애꾸눈이 등 별에 별놈이 다 있다. 하루에 오
백 리를 비호같이 달린다는 부로말이 두 필, 이마에 흰
털이 박힌 대성마 별박이 네 필, 잠불말 한 필, 사족발이
여섯 필, 공골말이 여덟 필을 보살펴 이제 의병장에게
보내 줄 예정이다.

머리뼈가 뚜렷하고 갈기는 엷고 보드라우며 종아리뼈
는 가늘고 말발굽이 크며, 뒷다리는 굽고 녹절골은 가는,
특히 왜장이 타던 부로말 한 필을 달래에게 보냈다. 왜

장이 타던 한쪽 눈이 칼에 맞아 애꾸눈이 부루말은 성질이 더욱 사나워졌지만 달래에게는 꼼작 못한다. 포산에서 창녕 영산, 의령, 합천 들판과 산천을 바람처럼 쏘다니며 곳곳에서 출몰하여 왜병들의 목을 베어 마을 당나무에 대롱대롱 매달아 놓는다.

앒거치는(앞발을 저는) 사족발이가 낳은 망아지와 큰 말이 기침을 끊이지 않는다는 일년이의 고목이 논공으로부터 왔다.

고목
두려운 마음으로 엎드려 문안드리오며
이즈음 나리님 기체후 늘 만강하시온지
저의 못내 그리운 마음 가눌 수 없사오며
소인은 아래로 보살펴 주시는 은택으로 무사히 일하고 있사오나
난리 중에 큰 말 사족발이와 망아지가 기침을 깃지 않으니
소인이 아무리 치료를 해도 깃지 아니하니
김홍니마에게 배지를 내리시어
수이 성케 낫도록 처방해 줄 기별을
바라옵니다.

연유를 전차로 고과하는 일이라.

임진년 9월 초일 소인 일년이 고목

안마당에서 여물을 썰고 있는 봉개를 불렀다.

"봉개야, 일년이가 기별을 보냈는데 논공 마장에 사족
발이 큰말과 망아지가 기침이 잦지 않는다고 하네."

"김흥니마에게 전갈을 보내려면 며칠이 걸릴 것이니,
『마경초馬經抄』를 보면 말 기침하는 병에는 지렁이를 사
로잡아 며칠 먹이면 나을 것이라 한다."

"네가 논공이로 건너가서 도랑에 지렁이를 잡아 큰 말
과 망아지에게 장복하도록 시켜라."

"그리고 불무장에 나가 있는 곽상이도 말 병을 잘 보
니 날마다 마장에 들러 살펴보도록 하라고 일러라."

"참봉 어르신, 말이 기침하는 것은 오장육부의 기와
관계가 있다고 하옵니다."

"폐로 인한 기침은 숨을 쉴 적에 소리가 나며, 심으로
인한 기침은 앞 말발굽으로 땅을 후적이며, 간으로 인한
기침은 머리를 왼녘으로 돌리며 기침을 하며, 비장으로
인한 기침은 머리를 오른 녘으로 돌리며, 신장으로 인한

176

기침은 뒷다리를 든다고 하옵니다."

"네 이놈, 어찌 그리 잘 아느냐?"

"어른신, 저가 김홍니마 어깨 너머로 배웠습니다."

"저가 한문은 조금은 읽어내려 가옵니다. 김홍니마가 보던 『마경초』를 눈여겨 공부했습죠."

"그럼 기침을 다스릴 방도가 무엇인고?"

"백급산白芨散을 갈아 매복 두 냥을 물 한 되에 쑥을 넣어 먹이면 되올 듯합니다."

"그래, 알았다. 내일 아침 일찍 논공으로 가서 일년이와 만나서 지렁이를 잡아 먹이든지 네가 말한 백급산을 조약해서 먹이든지 의논해서 병을 잘 다스리도록 해라."

이번 왜란에서 우리가 왜적에게 꼼짝달싹도 못하고 밀리게 된 것이 다 기동력이 부족했기 때문이다. 기마병이 앞길을 헤쳐 나가면서 30마장마다 보병들 사오백 명씩 왜성을 쌓거나 우리 성을 약탈하니 우리 관군이 발을 붙일 곳이 없게 되었다.

그러나 전투가 시작된 후 우리 의병들이 가담하여 곳곳에 왜적의 말을 빼앗고 또 명나라에서 보내온 타타르 명마가 보급되자 겨우 기동력이 보완된 것이다.

곽 장군은 이점을 미리 헤아리고 군량 조달 책임자인

허언심許彦深을 시켜 마방 관리를 해 왔다. 부리다가 버린 말이나 전장에서 다친 말들을 모아 김홍니마에게 치료를 맡겨 치료가 끝나는 대로 다시 전투에 투입해 온 것이다.

화승총알을 막아라

오랜만에 논공에 들렀다.

새벽부터 내리던 눈이 함박눈이 되어 온 산천을 덮고 있다. 송이버섯 같은 민가의 초가집 지붕이 곳곳에 머리를 내밀고 있다. 논공 가현 음지골에서는 숯을 굽던 가마에 연기가 피어올랐다.

불무깐을 차려 연노를 만드느라 주야간 일을 하는 철래와 곽상이를 만났다.

"진주서 이곳으로 오면서 내내 생각해 봤다."

"화승총알을 당해낼 방패막이가 있다면……."

한숨을 내쉬던 철래가 느닷없이

"어르신 총알이 휘감기며 날아오기 때문에 강한 데는 강하지만 약한 데는 약합니다."

"왜장들이 입고 있는 갑옷을 보십시오."

"가슴팍이나 어깨 죽지에 덧댄 갑옷은 마를 가지고 겹으로 짠 직물입니다."

"우리 연로도 직각으로 맞추지 않으면 뚫어내지를 못합니다."

"그래, 나도 그렇게 생각한다."

"진주성에서 왜적들이 일제사격으로 쏘아대는 화승총에 우리 관군이나 의병들이 당해낼 재간이 없더구나."

사쓰마 가문과 비와호가 있는 이세 가문의 하인들을 총동원해서 산마 노끈을 만들고 있다.

"노끈을 직물로 짜서 갑옷으로 만드니 우리 조총이나 연노의 화살을 쉽게 이길 수 있지 않느냐?"

"들판에 죽어 있는 말과 소의 가죽을 벗기고 그 안에 솜을 다져 붙이면 어지간한 화승총알이 뚫지 못할 것이다."

"논공 마을에 돌아온 사람들을 불러 모아라. 그리고 의령과 개령에 주둔하고 있는 의병 방어장에게 통문을 내려 그곳에 우피와 마피를 수거하여 보내도록 하고 포산 마을에 솜을 전부 수거하도록 하자."

"솜이 부족하면 핫이불을 거두어 연자방아에 올려 아주 얇게 압축을 하여 철판에 소가죽을 덧대고 그 사이에 다진 솜을 덧대어 방패를 1천 장을 조만간에 제작하도록 해라."

"아마 평양성을 탈환한 명군이 이리로 몰려오면 틀림없이 한양과 충청 등지에 있는 왜병들이 이곳 경상우도로 다시 쳐 밀려 내려 올 것이다."

"이미 개령과 성주에 주둔한 왜병들이 사천, 고성, 부산포 등지로 쳐 내려가 왜성을 쌓고 있는 것으로 보아 다시 진주성을 함락시킬 공산이 크다."

이곳 논공 가현 음지골에는 예부터 숯가마가 있었다. 여기서 구워 내는 숯은 달성으로 밀양으로 팔려 나갔다. 그저 화전패거리가 있으려니 생각한 탓인지 그동안 수차례 왜적이 이곳을 지나갔지만 조금도 의심하지 않으니 다행이었다.

눈의 무게를 이기지 못한 나무들이 가쟁이가 부러지는 소리가 장작이 불에 붙어 타오르는 외마디처럼 뒷산에서 울려왔다.

온 세상은 쥐죽은 듯 고요하다.

철래가 아무 말 없이 있더니 한 마디 툭 던졌다.

"이왕 가죽 방배를 만들려면 쇠못 다갈을 만들어 방패에 총총 박으면 무게는 무겁더라도 훨씬 단단할 듯합니다. 전촉을 만들 무쇠는 넉넉하게 있으니 오늘 중으로 쇠못 거푸집을 만들어 보겠습니다."

논공이 아내가 소주 두 두루미와 생치구이를 안주로 만들어 눈길에 미끄러지면서 노비 조금이를 앞세워 숯가마로 올라왔다.

장도리로 손가락을 내리쳐서 손이 퉁퉁 부어 오른 순억이와 얼굴이 숯검둥이가 된 새남이 철래와 곽상이와 함께 둘러앉았다. 술잔이 한 순배 돌았다. 말이 횡횡 우는 소리가 눈길이 묻힐 듯 말 듯 들려왔다.

곽상이 먼저 연로를 장전하고 순억이와 철래는 삼지도를 들고 자리에 일어나 문 밖으로 달려갔다.

잠시 후 조용해지더니 두런두런 사람소리가 가까이 다가왔다. 포산 의병소에 대기하던 억술이와 달래 일행이 들이 닥쳤다.

"생치구이 냄새가 포산까지 퍼져 오길래 냄새를 맡고 달려 왔습죠."

"배도 출출한 김에……."

왈칵 달려들어 남아 있는 소주 한 두룸을 그 자리에서 다 비웠다.

달래가 아내에게

"마님, 제가 말에 태워 집까지 모셔 드리겠습니다. 소주 남은 것이 있으면 몇 두룸 더 얻어 오겠습니다."

그날 밤이 붐할 때까지 함께 술을 마시면서 하얀 눈 속에 우리들의 이야기를 묻어 나갔다. 아직 억술이의 손톱 밑에는 시커멓게 변색된 핏자국이 끼어 있다. 아직 사람의 피비린내가 가시지 않았다. 솔꽹이 불빛에 흔들리는 달래의 검은 눈빛이 더욱 이글거리며 타오르는 듯했다. 머리는 뒤로 뭉쳐 올려 상투를 질렀지만 여자의 살빛과 가녀린 가슴 선은 빈 공간과 명암을 분리시키고 있었다.

어찌 시대를 잘못 타고나와 남정네도 해내기가 힘겨운 전장의 여전사가 되었을까? 전장이 끝나면 앞으로 어떻게 살아갈까? 아니 전장이 끝나기 전에 죽을 지도 모른다.

달래가 가지고 온 소주 두 두룸을 다 비웠다.

창밖이 훤하게 밝아 왔다. 미끄러지는 눈길을 헤치고 논공으로 돌아와서 아내 곁에 누었다.

아내의 베개가 흠뻑 젖어있었다.

정내암 선생의 외아들이 전사했다는 기별이 왔다.

마침 새로 제작할 방패에 대한 의론을 드릴 겸 상문차 합천으로 향했다.

내암의 눈빛은 호랑이 눈빛처럼 빛이 났다. 비와 눈이 섞인 진눈개비가 강한 산바람을 타고 이리저리 휘몰아치면서 지리산 산자락을 뒤덮고 있었다.

먼저 문상차 온 고대 정경운 선생과 노사차 등과 함께 자리를 둘러앉았다.

내암의 이야기가 시작되었다.

이번 진주성의 수성으로 왜병들이 잠시 주춤하다가 공수전환이 이루어지면서 다시 경상우도가 들끓을 것이라 예견하고 있었다. 명군의 진입으로 평양성을 탈환하고 행주 전투에서 엄청난 충격을 받은 왜장들은 남으로 이동하기 시작하였다. 히데요시의 전령인 이시다 미쓰나리는 한양 쪽에 주둔하고 있는 고니시 유키나가를 비롯한 황해도 배천에 주둔하던 구로다 나가마사와 개경에 주둔하던 고바야카 등 모든 왜병들을 한양 이남으로 철수하도록 전력을 내렸다. 추위와 군량 보급과 병기 보급이 차단된 왜병들은 새로운 움직임을 보이기 시작하였다.

한양 아래 지역에 주둔하던 왜병들이 각 지역의 의병들의 반격으로 서로 연락이 닿지 않는 상황이 되었다.

조선의 밀사들의 전갈에 따르면 임진강을 확보하고 있던 가토군과 개경에 입성하고 있던 고니시와 구로다 나가마사와 서울에 주둔하던 고바야카와와 마스다 나가모리가 좌군, 중군, 우군으로 나누어 남쪽으로 옮아 와 울산에서 부산, 김해, 사천, 순천으로 연결되는 해안 지역에 대대적으로 왜성을 쌓으며 장기전으로 돌입할 낌새였다.

또한 서울 등지에서 확보한 군량을 부산진으로 이동한 다음 그 선박들을 나고야로 회송하고 있었다. 한편 우키다 히데이에가 총대장이 되어 진주성과 전라도 곡창지대를 제압하라는 명령이 떨어져 있었다.

나는 지난 진주성 전투에서 왜병들의 화승총 일제사격에 대처할 수 있는 방안이 필요하며 성내로 쳐들어온 왜병과의 접병전의 상황에서 의병이나 관군을 보호할 수 있는 방패를 새로 제작한다는 의견을 나눈 뒤에 포산으로 돌아왔다.

성주와 개경 등지에 활개 치던 왜병들의 공격이 다소

수그러들었다.

　봄은 다시 찾아왔다.

　봄갈이로 모내기와 삼밭과 무명, 그리고 수수와 조를 뿌리기 위해 가노들을 독려했다.

　가토 기요마사와 나오시게 구로다 나가마사, 시마즈 요시히로의 휘하 병력 2만6천여 명과 고니시 유키나카와 소요시토시 휘하 2만6천이 제1진으로 진주성으로 몰려오고 있었고 우키타 히데이 휘하 병력 1만8천여 명이 제2군으로 모리 데루모토와 고바야키와 다카케가 휘하 병력 2만2천여 명이 제3군으로 약 10만 왜병이 김해에서 진주성에 이르는 주둔성에 재배체가 완료되었다.

　부산진에는 데루모토 병력이 동래성에는 마에노 나가야수前野長康가 김해 죽도성에는 모리 시게마사毛利重政가 기장성에는 가메이 고레노리龜井妓矩가 거제에는 하치스카 이에마사蜂須賀家政가 가덕도에는 요시타카九鬼嘉隆 등의 선단까지 포진이 완료되었다.

　조선의 도원수 김명원과 전라도 순찰사 권율과 경상좌도 고언백과 의병장 곽재우와 진주의 창의사 김천일이 대책회의를 가졌지만 10만 왜병을 공격하기란 결코 쉬운 일이 아니기 때문에 의견이 분분하게 갈라졌다. 6월 18일 의령 방면으로 진출하던 왜병들이 갑자기 말머리를 돌려 진주성으로 향하였다. 동월 21일에는 진주 동북쪽 마현봉에 진을 치고 진주성을 에워싸기 시작한다는 파발이 연이어 날아왔다.

김천일은 의병장 고종후를 시켜 유정의 승병 양산숙과 홍함에게 지원병을 요청하였으나 응하지 않자 김천일은 외롭게 진주성 방어를 위해 전 병사들을 독려하였다.

진주성의 지휘관 김천일과 경상우 병사 최경회, 충청 병사 황진, 거제 현령 김준민, 의병장 고종후, 진주 목사 서예원, 김해 부사 이종인 등이 모였다. 1차 진주성 전투 때는 의병 지원군이 성 밖에서 포진하여 쉽사리 왜군의 성중 진입이 어려웠으나 이번에는 사정이 달랐다.

김천일이 강화를 시도하기 위해 부장 임우화를 왜적에게 보냈으나 성문 밖으로 나가자 바로 왜병들에게 곧바로 붙잡혔다.

진주성 외각에는 모리 히데모토毛利秀元과 고바야카와 다카카케小早川隆景이 남강 건너편으로는 왜병들이 완전히 포위하고 진주성 서문 쪽에는 제2대 고니시 유키나카와 소요시토시 데루모토와 고바야키와 다카케가 근접 배치되었고 북문 쪽으로는 가등청정과 흑전장정, 도율의홍의 왜병이, 동문 쪽에는 우희다수가의 왜병이 진을 치고 있었다.

뜨거운 바람이 몰아쳤다. 지난겨울 폭설로 인해 진주 남강의 물결은 더욱 시퍼렇게 물굽이를 치며 흐르고 있었다. 왜병은 일제사격을 가하지 않고 육탄전으로 진주성을 압박해 들어오고 있었다.

성벽 남쪽은 남강이 흐르고 절벽이어서 왜군의 진격이 어렵다고 생각하고 주로 뒤편 방어에 주력하고 있었다. 뒤편 방어를 위해 해자를 내어 남강의 물길을 흘러 보내고 동측 방어에 주력을 하고 있었지만 6월 22일 한밤에 왜병들은 북측 해자의 물길을 터뜨려 남강으로 다시 물길을 돌려 버렸다.

25일부터 진주성 동문 외각에 흙으로 왜성을 쌓기 시작하였다. 어느덧 진주성의 높이에 육박할 만큼 높은 흙으로 쌓은 산성이 마련되자 성중을 향해 포대 공격을 가하였다. 성내에서는 아무 동요도 없이 성벽으로 접근하는 왜병들에게 집중적인 연로 공격과 끓는 물을 뒤집어 씌우는 등 총공격을 감행하였다.

내가 지원해 준 소가죽 방패막이로 성벽에 바짝 다가

서서 연로를 공격하니 감히 성벽 쪽으로 접근하는 왜병이 없었다.

어둠이 깔리면서 큰 황소만한 구루마가 성체 쪽으로 접근해 왔다. 집중적인 연로 공격과 불화살을 쏘아대며 돌덩어리를 던져도 끄떡도 하지 않고 성으로 향해 밀려왔다.

나중에 안 일이지만 여러 겹의 소가죽을 나무 수레 위를 덮은 기상천외한 철갑차였다. 그 속에는 여러 명의 왜병들이 들어가서 성체 모서리 부분에 이르자 성체의 아랫부분이 주춧돌을 한두 개 빼내고는 그 상단에 밧줄을 걸어 뒤쪽으로 이동하기 시작하였다.

일시에 뒤로 후퇴한 철갑차들이 이끌어 간 밧줄을 수천 명이 병졸들이 당기기 시작하였다.

성벽 모퉁이의 큰 돌이 빠져 나오자 하늘을 진동하듯 동문 성채의 모서리 부분이 내려앉았다. 서문 쪽 성벽이 허물어져 내렸다. 그렇지 않아도 서문 쪽 성벽 안은 바닥과의 높이보다 높지 않은 곳이라 성벽이 무너진 곳은 평지나 다름없었다.

이종인과 황진이 서문 쪽으로 몰려가 방어를 하였지만 왜적은 일시에 물밀듯이 밀려들어 왔다.

9월 29일 진주성의 읍성이 함락되자 읍성에 있던 사람들은 북성과 내성 쪽으로 몰려 와 아수라장을 이루고 아낙들은 남강으로 나비처럼 뛰어 들었다.

나와 억술이와 달래가 방패를 전달하기 위해 성내로 들어왔다가 함께 진주성 안에 갇혀 버렸다.

달래와 억술이가 삼지도를 휘두르며 이종인을 따라 나섰다.

"어르신, 저는 죽지 않습니다. 쥐해에 쥐날에 태어난 소인은 불화신입니다. 어르신 먼저 서문 옆 성채를 뛰어 넘어 먼저 피신을 하십시오."

인사말이 끝나기 전 비호처럼 말머리를 돌려 몰려오는 왜적들을 향해 달려갔다.

나는 서문 가까이 성벽을 내려다보았다. 이미 왜군들이 발 디딜 틈 하나 없이 여러 겹으로 둘러쌓고 있었고 성벽과 왜군 진지 사이에는 깔려 죽은 시체와 화승총에 맞아 죽인 시신이 작은 동산을 이루고 있었다.

삼가에 진군해 있을 때 곽 장군과 만난 황해도 방어사 이시언의 밀사인 인발이라는 자가 나를 알아보고는 저와 함께 저 시신 속에 함께 스러져 죽은 척하다가 기회를 엿보고 달아나자면서 내 손목을 끌고 시신 속으로 끌어당겼다.

핏물이 금방 온몸으로 번져 왔다. 시큼한 시신이 썩는 냄새와 사늘하게 식어가는 시체더미를 파고들었다. 인발이 나를 자기 몸 아래로 밀어 넣고 반드시 누워 눈만 하늘을 향하도록 누웠다. 화승총 소리와 화살이 나는 소리가 밤새도록 천지를 울리고 여기저기 괴성 지르는 소리와 울음소리가 진동하다가 차츰 소란이 가라앉았다.

인발이 내 손목을 당겼다.

지난 번 의령 의병이 주둔했던 방향으로 달리기 시작하였다.

이미 해가 중천으로 솟아올랐다.

천여 명의 왜병들이 햇살에 반짝이는 칼을 치켜들고 우리가 숨어 있던 시신들을 뒤지며 칼로 사람들의 코를 베고 있었다.

뒤를 돌아보니 진주성에는 검은 연기와 불길이 곳곳에서 치솟아 오르고 왜병들은 사천 방향으로 또 순천 방향으로 대대적인 이동을 하고 있었다.

산 아래로 굽이굽이 휘돌아 함양으로 향하는 길목이 내려다보였다. 대여섯 사람이 말을 타고 달려오고 있었다.

말을 타고 이곳으로 달려오는 사람이 달을 달리는 특

유의 몸짓을 보고 나는 달래라는 것을 알았다.

　너무나 반가웠다. 힘을 다해 산 아래로 뛰어내렸다.

　"달래야, 달래야."

　내 목소리는 이 골짝 저 골짝에서 메아리로 받아넘겼다.

　분명히 달래였다.

　검은 왜병의 옷자락에는 아직 덜 마른 핏자국이 빗물처럼 흘러내렸다. 말의 갈퀴와 엉덩이 안장, 꼬리에 딱지처럼 눌어붙어 엉긴 핏자국이 쇠파리처럼 기고 있었다.

　너무 반가웠다.

　"왜병들이 성 밖으로 쏟아져 나오자 억술이와 함적패 거리들에 그 검은 물결에 휩쓸려 다시 찾지 못해서 나혼자 빠져 나왔습니다."

　"아마 어르신이 살아 계셨다면 의령 쪽으로 갔을 것이라 생각하고 이쪽으로 달려오는 길입니다."

　숨찬 목소리였다.

　거기서 인발은 삼가 쪽으로 길을 들어서고 나는 달래와 함께 말을 타고 장암리 쪽으로 행했다.

　눈물이 흘러내려 길을 걸을 수가 없었다.

　분노도 아니다. 왜 이런 일이 벌어지고 있는지.

계명워리, 달래

도야리와 말흘리 사이 화왕산은 점잔하게 창녕 들판을 내려다보고 우둑 솟아 있다. 멀리 영산들판까지 훤하게 내려다보이는 화왕산 정상에는 화왕산성이 자리하고 있다. 산정에는 억새가 사람 키보다 더 크게 자라 바람에 이리저리 물결치며 휩쓸리고 있다.

어제가 9월 보름이었다. 솜자루처럼 하늘을 휘졌던 억새가 성글해진 밤공기에 잔털을 다 털어내고 몸을 비벼대는 소리가 파도처럼 끝없이 밀려온다.

왜병 9번대 장수 하지미 히데카스羽柴秀勝의 휘하 부대의 왜병 500여 명 영산 지역에 주둔하고 있었다. 창녕과 포산 방면으로 의령과 함안 지역의 왜성에 주둔하는 왜적들과 내통하면서 낙동강을 물길을 장악하려고 여러 차례 시도하고 있었다.

곽 장군이 영산을 거쳐 매우 주요한 전략적인 요새인 화왕산성을 지키기 위해 4천여 의병단을 구성하였다. 의병장 곽재우, 부장 주몽룡, 별장 윤탁 등은 포산과 창녕의 화왕산 방면으로 진을 쳤다. 휘하 삼지창으로 무장한 억술이 일당 화적과 계명워리 달래가 전방 공격조로 편성되어 있다.

개령에 주둔한 왜병이 덕곡 방면으로 쳐들어올 것을 예상하고 김산군에서 왜적을 대패시킨 진주 목사 김시민 장군은 정예군 1천 명을 거느리고 창녕 이방 쪽에 진을 쳤다.

달은 휘영청 밝아 왔다. 화왕산에서 옥천계곡을 따라 화왕산 중허리에 있는 목마산성에서 영산으로 가는 연도의 길목 곳곳에 매복의 진을 치고 있었다. 달빛에 여윈 듯한 횃불이 촘촘하게 이어져 있고 곳곳에는 사자탈과 오방색의 철릭이 바람이 너풀거리고 있었다.

돌격대 전방에 구렛수염이 유난히 터부룩하게 기른 화적떼 억술이와 잔손이, 덕공이는 나란히 구렁말에 올라 삼지도를 휘저으며 바람을 일으키고 있었다. 하늘에 떠 있는 달을 벨 듯이 매복진을 치고 있는 의병들의 사기를 돋우기 위해 왜적이 진을 치고 있는 영산 읍성 부근까지를 치닫고 있었다.

달빛 훤한 초야에 흰 부로말을 탄 달래는 구슬지고 처량한 목소리를 도우며 바람처럼 영산들판을 휘젓고 있었다.

영산 함백산에 포진한 왜병을 위협하도록 곽 장군은 화왕산성 내에 억새들을 전부 베어서 단으로 묶도록 하였다.

"억새를 베어서 다발로 지워 돈대 부근에 쌓아 두도록 하여라."

"적이 산성으로 접근해 오면 억새 단에 불을 댕겨서 산성 아래로 던지도록 하여라."

영산의 읍성에서 쳐다보면 화왕산성이 바로 눈앞에 펼쳐져 있다.

다시 곽 장군은 의병군관들을 향해 외쳤다.

"산성의 서편은 가파르기 때문에 틀림없이 왜적들이 옥천계곡을 타고 동문이나 남문으로 진격해 올 가능성이 높다. 돌격대는 동문과 남문을 목숨을 걸고 사수하도록 하여라.”

서늘한 밤공기가 더욱 차갑게 느껴질 만큼 하늘은 푸르렀다. 그 푸른 밤하늘 빛에 하루지난 보름달도 빛을 잃고 있는 듯 적막하다.

화왕산성 아래쪽에 있는 영산 신당산성에 포진하고 있는 왜병들은 미동의 기척도 보이지 않는다. 곽 장군은 별장 유탁에게 화왕산성에서 횃불을 올리면 일제히 영산 읍성을 압박하도록 명하였다.

의병장 곽재우는 초유사 김성일에게 청하여 의령, 초계, 고령 등 3개 군의 병력을 모두 동원한 다음에 낙동강을 건너서 영산 읍성을 죄어 들어갔다.

이 전투에서 무명의 남장을 한 달래의 투혼은 모든 의병들의 사기를 충전시켰다. 부루말을 탄 단신의 달래는 사자탈을 쓰고 화랭이 옷을 길게 휘감고 화승총을 퍼부어대는 적진으로 흰말을 타고 치달았다.

한 차례 신당산성으로 향했다가 돌아올 무렵에는 검은 철가면을 쓴 피를 철철 흘리는 왜적의 목을 삼지창에 꽂아 달려 왔다.

이에 뒤질세라 억술이와 잔손이, 덕공이도 덩달아 적진을 들랑날랑거리며 왜병의 목을 여러 차례 수급해 오니 연도에 매복해 있던 의병들은 사기가 하늘을 치솟는 듯하였다.

화왕산 뒷자락에 물길을 모아 낙동강으로 흘러내리는 계성천과 화왕산 왼편자락의 틈에 있는 신당산성 길목에는 새빨간 오미자가 주저리주저리 달렸고 길섶에 산국화와 개미취, 개숙부쟁이가 흐드러지게 피었다. 달빛을 받은 달맞이꽃이 길을 밝혀주는 듯 화사하게 피었다.

화적패였던 억술이와 잔손이, 덕공이가 윤탁 장군에게 다가왔다.

"별장 윤 장군님, 화왕산 자락을 타고 신당산성 뒤편을 오르기는 매우 쉽습니다. 산성 뒤편을 뗏목 사다리로 잠입할 터이니 앞쪽으로 연로와 호준포로 공략해 주십시오."

"그 틈을 타서 산성 뒤편으로 공략하겠습니다."

"틀림없이 왜병들은 산성 뒤편으로 퇴각하여 계성천을 타고 화왕산성으로 이동할 것입니다."

이미 곽 장군의 휘하 장수들은 계성천을 타고 올라 옥천과 관용사를 거쳐 청간제로 오르는 길목마다 매복을 하고 있었다.

즉각 호준포의 공격이 시작되었다. 연로가 날아가는

소리와 왜병의 화승총의 소리가 뒤엉키자 키가 껑충한 엉겅퀴와 자주꽃방망이와 자주꿩비름꽃잎이 가느다랗게 흔들리기 시작하였다. 시퍼런 소나무 사이로 핏빛으로 물든 단풍나무와 노랗게 물든 산벚나무 사이로 불눈 같은 탄알이 비가 가로로 오듯 날아올랐다.

계곡 입구 사리 굴밑골에 사는 화전민들에게 똥장분을 소발에 실어와 산성 뒤편에서 굴러 내렸다. 산바람이 건듯 건듯 밀려오자 인분 냄새가 등천을 하였다. 이 산성 뒤편을 공격하던 화적패거리들이 굴밑골 화전민에게 시킨 작전이었다. 작전은 적중하였다.

잠시 화승총 소리가 멈칫하더니 왜병들은 퇴각하기 시작하였다. 예상한 대로 산성 뒤편 계성천을 타고 일부는 화왕산 자락을 타고 오르고 있었다. 가끔 비명 소리 같은 단발성의 화승총 소리가 화왕산 자락 쪽으로 멀어져 가고 있었다.

화왕산 자락을 감아 도는 여초와 퇴천, 말흘리 방향은 윤탁 장군이 공격하고 사리를 거쳐 옥천과 관용상 계곡은 부장 주몽룡과 억술이를 비롯한 화적패거리가 맡았다. 이미 곳곳에 의병들의 매복진이 있기 때문에 영산 전투는 대승할 수밖에 없었다.

3일 동안의 전투가 계속되었다.

곽재우, 윤탁, 주몽룡의 세 장수가 서로 앞을 다투어 적진을 종횡으로 들이쳤으며 때로는 분산하여 진격하고 연합하여 협격하는 등, 적으로 하여금 숨 쉴 틈을 주지 않았다. 이상의 전투로 낙동강 좌안지대를 수복하게 되었다.

옥천계곡을 따라 흐르는 계성천의 물빛은 고려엉겅퀴 꽃물이 되었다. 전투가 시작된 3일째 아침부터 가을비가 질척거렸다. 화왕산성에 집결한 장수와 의병 그리고 군마도 모두 지쳤다. 굶주림과 추위가 비에 젖은 옷깃을 타고 뼈에 저려 왔다.

포산과 영산에서 마련했던 군량을 풀었다. 그리고 포산에서 준비해 온 아래기 소주와 돼지 몇 마리를 잡아 모든 의병을 배불리 먹였다.

달래가 수급한 왜적의 목을 삼지도에 가지마다 한 급씩 꽂은 채로 말에서 훌쩍 뛰어 내렸다. 의병대장들에게 넙죽이 큰 절을 올리고는 군장을 벗었다.

사자탈을 쓰고 위에는 왜장의 검은 옷을 입고 아래에는 흰바지를 입고 절뚝거리며 마당으로 나왔다.

"여기 보소, 의병님네, 나라가 명제경각인데 임금님은

몽진가고."

"어진 백성들만 이런 고초 어느 성주가 알고 있나."

"갓과 망건은 어디에 두고."

"그리 잘난 양반 님네 봉두난발하고 숨어들고."

"양반 상놈 어디 하나 차이 나나."

"이기이원론이라 주역으로 왜적을 어이 못 막아 내나."

"하늘 위로 오르는 영혼이여 땅으로 처박히는 빈껍데기 같은 우리 인생."

"피눈물이 된 이 땅을 그 누가 지켜내리."

달래가 부르는 노랫가락은 울부짖는 늑대소리 같기도 하고 구슬프게 울리는 젓대소리 같기도 하고, 한스러운 여인의 애절한 흐느낌 같기도 하였다.

캄캄한 밤하늘에 유성처럼 흐르는 바람같이 노랫가락은 흩어져 갔다. 가까이에서 잘 들리지 않지만 멀리 떨어질수록 유장하게 퍼져갔다.

곽 장군은 슬며시 자리를 떴다. 의병들은 좋아라 북을 치고 날나리를 불고 북을 추며 마당판이 벌어졌다.

참다못한 영산의 색리 한 사람이 앞으로 나서서 달래를 향하여

"에끼, 이년. 아무리 그렇지만 양반을 그리 욕보이면

되나?”

라고 삿대질을 하였다.

“오늘은 그만 두게 맘대로 하루 놀도록 허락하세.”

내가 나서서 색리를 말렸다. 죽음의 공포와 배고픔과 추위에 벗어나 전승의 기쁨을 맛볼 필요가 있으리라.

밤이 새도록 산성 돈대에는 솔꽹이불을 곳곳에 밝히고 밤이 이슥하도록 달래의 위안 공연이 계속되었다.

달래가 나에게 다가왔다.

“어르신 전란이 나기 전에 소례 바깥장터에서 여러 차례 뵈 온 적이 있습니다.”

“어른께서 창곡을 다 헐어 의병에게 내놓으시고……나라를 지키는 의병과 관군들도 중요하지만 어르신 같이 뒤에서 이렇게 나라를 위한 정성을 생각하면 저도 죽음으로 나라를 지키는데 앞장서겠습니다.”

“소문으로 자네에 대한 이야기는 듣고 있네.”

“자네가 나서서 종횡무진으로 설치니 의병들에게는 큰 힘이 되네.”

달래가 그 동안의 살아온 이야기를 했다. 그 사이 술이 제법 취한 화적패 억술이가 술기운을 가라앉힐 듯이 눈을 크게 부릅뜨고 내 곁에 앉았다.

대구 달성 비슬산 뒤편 천왕마을에는 무당과 화랭이
패거리가 모여 살고 있었는데 달래는 지어미가 누군지
모르고 살았다고 했다. 경상도 관찰감영에 사람의 목을
치는 화랭이였던 아비는 늘 술에 취해 살면서 그래도 달
래에 대한 사랑은 무척 컸다고 한다.

　여섯 살 때 술병으로 아버지가 돌아가시고 그 길로 관
비로 끌려가 온갖 고초를 겪으며 바람처럼 떠돌며 살아
왔다. 개령 현감으로 내려온 이에게 열셋에 처음으로 수
청을 들고 그것에 맛을 들이니 도저히 버틸 수 없어 사
내놈들과 눈만 맞으면 몸을 섞었다고 한다. 경상 감영의
관덕정 기둥을 옻칠을 하던 포산에서 온 옻쟁이와 눈이
맞아 포산으로 와 두어 달 함께 살았다고 한다.

　"어쩨 아이를 하나 낳고 싶었는데 그게 그리 잘 안되
더라고요."

　"숱한 남정네들과 관계해 봤지만 옻장이 그 금동이만
한 놈은 없었지요."

　나는 깜짝 놀랐다. 금동이는 조부 정암공으로부터 전
래받은 외거노비 칠석이 소생이다. 옻쟁이를 하다가 잡
물바치로 장터를 떠돌아다니다가 지난번 매바위에서 왜
병에게 칼을 맞고 죽은 놈이다.

"금동이가 내 집 외거노비였다는 것은 알고 있었나?"

"물론 알고 있었지요. 저한테도 늘 상전 곽 참봉 어른에 대한 자랑을 했습니다."

어른거리는 관솔 불빛에 얼굴 한쪽과 다른 반쪽의 명암이 달랐다. 달래의 모습이 애처롭기도 하지만 자세히 들여다보니 얼굴 자양이 곱게 생겼다. 유난히 검고 큰 눈망울에 얼린 눈물이 반짝거렸다. 이번 전란이 아니면 감히 이런 천역 잡년놈들과 이렇게 마주 앉아 이야기를 나눌 기회도 결코 없었을 것이다.

사람 사는 일, 사족과 하민이 무엇이 다를까? 과거를 위해 그토록 공부했던 성리학과 경사학이 죽음 앞에서는 아무 소용이 없음을 생각하니 허무했다.

망건과 갓을 챙기고 도포를 입고 거만하게 걷던 양반네 걸음걸이가 전란 통에 무슨 소용이 있다는 말인가? 살기 위해 의관을 내동댕이치고 짚북댁이 속으로 머리를 처박고 숨는 모습은 사민이나 하민이나 하나도 다를 바 없다.

"그래, 너희 그 무술은 언제 어떻게 누구한테 배웠는가?"

"배운 적은 없습니다."

"잡물바치를 하면서 봉화장, 안동장, 함양장, 의령 장

어딜 안 다닌 곳이 없습니다."

"어렴풋하게 아버지가 술이 취해 들어오시면 달성 토성터에 올라 혼자 칼을 휘두르던 모습을 기억하면서 칼 대신 맨손으로 춤을 추었지요."

"북이나 장구에 박자가 없으면 더욱 신명나게 덩더쿵 덩더쿵 춤을 추었지요."

"소인의 힘은 어지간한 남정네들이 저를 당해내지 못합니다."

"떠돌이를 그만두고 금동이와 아이들 낳고 이곳 포산에서 영원히 살고 싶었습니다."

눈물이 주르륵 볼을 타고 흘러내렸다.

곁에 와 앉아 있던 억술이는 언제 잠이 들었는지 골아떨어져 코를 골며 잠들어 있었다.

그렇게 거칠게 느껴졌던 달래가 순한 아이마냥 제 가슴에 숨겨 놓은 이야기들을 들춰내니 후련한 듯.

"괜히 어르신 잠도 못 주무시도록 쓸데없는 이야기를 했지요."

그 슬픈 사연이 대숲에서 불어오는 바람소리와 뒤섞여 내 마음에 깊이 사무친다.

"이미 한양으로 치밀고 올라갔던 왜적들이 명나라 군사

에 밀려 삼남 방면으로 다시 밀려오고 있다. 머지않아 이곳에도 또 분탕질을 할 것이니 힘을 합쳐 싸우도록 하자."

초병들이 교대를 하고 있었다. 어둠이 차차 가라앉고 화왕산 아래 산들이 미명을 받으며 일어서고 있었다. 먼 산들이 먼저 부옇게 일어서고 가까울수록 아직 짙은 어둠에서 헤쳐나지 못하고 있었다. 막사 바깥으로 걸어가는 달래는 절뚝거리지 않고 걸어 나갔다.

든든한 여장수가 한 명 탄생한 것이다.

저 여인이 이 땅을 지켜 줄 것이라는 이상야릇한 믿음의 끄나풀이 하늘로 무지개처럼 퍼져 올랐다. 화왕산 뒤편 밀양 방면으로 무지개가 환하게 섰다.

모리 데루모토毛利輝元이 지난 5월 포산을 점거한 후 6월 이후로는 개령에 2만 명의 왜병을 주둔시켜 놓고 함창 방면에는 조소카베 모토치카長曾我部元親 등 3천여 명, 상주에 이나바 사다마치稻葉貞通 등 4천여 명의 왜병이 포진되어 낙동강 물길을 장악하고 보급 통로를 확보하기 위해 합종연횡으로 조선 관군과 의병들과 대치하고 있었다.

추석을 지나고 가을 무렵 평안도와 함경도 지역의 왜병들이 남하하면서 경주와 울산을 잇는 경상좌도의 길을 터기 시작하였다. 중로에 포진하고 있던 왜병들이 청도, 밀양, 울산으로 잇는 연로를 확보하기 위해 창녕 지역 화왕산은 매우 중요한 요충으로 떠올랐다.

이와 함께 성주 개령을 중심으로 포진하고 있던 왜병들은 전라도를 경유하여 남하하던 잔류병들과 사천과 진주성으로 모여 들기 시작하였다.

감천이 굽이굽이 휘돌아 가는 강 양안에 기름진 들판이 펼쳐진 개령은 국고 조달을 위해서는 물길의 통로로 군사 요충지였다. 모리 데루모토毛利輝元가 이곳에 2만 명의 왜군 주력 부대를 주둔시켜 놓고 충청도 지역으로 한편으로는 성주와 고령, 합천 지역의 예하 부대를 지원하는 기동력을 가지고 있었다.

의병장 김면은 전라좌도 의병장 최경회와 임계영 장군에게 요청하여 성주성에 주둔하는 왜병부터 진압하기로 했다.

눈이 내렸다.

의병들은 추위에 떨고 있었다. 발이 짓무른 자가 숱하여 재대로 달리지를 못하며 허기에 지친 의병들을 우선 배를 불려 사기를 돋우는 일이 절실했다.

내암 정대장이 성주 목사 제말과 고령 현감 곽천성을 만나 성주 전투를 위한 전략을 협의한 다음 의병을 위해 곡식을 풀어내어 우선 따듯하게 밥을 먹일 것을 당부하였다.

지난달 영산현과 창녕현을 쳐들어 온 적장 안코쿠지 애케이安國寺惠瓊는 전라도로 진격하여 전라감사라고 자칭하면서 경상우도를 들락거렸다. 의병장 곽재우는 이에 크게 노하여 정암진에 달려가서 본즉, 적이 함안 백정 2~3명을 보내 먼저 나루터 뱃머리에서 배를 준비하고 적은 이미 10리 밖에 진출하여 있음을 알게 되었다.

곽재우는 곧 배를 빼앗아 침몰시키고 백정들을 끌고 와서 종아리를 때리게 한 다음 나루터 뱃머리의 여울을 막게 하니 적이 감히 가까이 오지 못하고 좌도로 물러나서 금산현 쪽으로 향하였다. 무주부와 금산군을 거쳐 전주로 들어가기 위해 웅치와 이치의 싸움이 벌어지게 되었다. 한편 포산 방면을 수복한 곽재우 장군은 더욱 분발하여 적을 보는 대로 나가서 치기로 하였으므로 군성이 크게 떨쳤다.

임난이 나던 그해 2월경에 나고야에는 크고 작은 선박들이 팔천여 척이 모여들었고 내로라하는 귀족과 권신들의 꽃이라고 하는 15만여 명의 병사들이 부산진으로 투입되었다. 전함을 제외한 대부분의 선박은 부산진에서 즉각 나고야로 회선을 시켜 마음대로 본국으로 귀환을 하지 못하도록 하였다.

한 달 만에 조선의 한양을 침탈하고 두 달 만에 조선 전토를 유린할 정도로 화승총과 칼날을 마음대로 휘둘렀으나 전황이 장기화 되면서 그들은 지쳐 갔다.

그해 비가 잦았다. 사람과 우마의 죽은 시체가 도성과 읍성에 가득 찼다. 온갖 역질이 창궐하였다. 경상우도에는 4월 20일경 이미 의병들이 창의하여 부산진으로부터 공급되는 보급로가 차단되었다.

조선 땅에 주둔하던 무장들은 죽음에 대한 두려움과 기아와 질병에 지쳐갔다. 곳곳에서 의병과 관군이 포위를 좁혀갈 때 불안과 비참함에 둘러싸일 수밖에 없었다.

도요토미 히데요시는 6월 3일에 권신 무장인 이시다 미츠나리石田三成와 마스다 나가모리增田長盛, 오타니 요시츠구大谷吉繼를 파견하여 전투 상황을 지시하면서 주요 항구에는 위수병을 배치하여 왜병이 마음대로 일본으로 회군을 하지 못하도록 막았다. 그리고 다시 명나라를 공략할 계획이 전달되었다.

한양과 경기를 우키타 히데이에가 함경도를 가토 기요마사가 평안도를 고니시 유키나가가 황해도를 구로다 나가마사가 강원도를 시마즈 요시히로와 모리 요시나리 毛利吉成가 충청도를 후쿠시마 마사노리와 조소가베 모토치카가 전라도를 고바야키와 다카카게가 경상도에 모리 데루모토가 배치되어 전후 막부장이 될 것을 약속했으나 그들의 명예와 이익은 날이 갈수록 점점 희미하게 꺼져 가는 불빛과 같았다.

왜병사들의 두려움과 불안이 커져 갈수록 그들은 더욱 포악해지고, 그들이 포악해질수록 조선의 병사와 의병들은 복종은커녕 더욱 거칠게 저항하였다. 사족은 물론 노비와 하민들이 이처럼 하나로 단결하여 강력한 저항을 보이기 시작하였다.

왜병들이 진군해 있는 임시 왜성과 왜성 사이를 이어주는 소수의 왜병들이 여지없이 의병들의 매복전으로 죽어 갔으며 그로 인한 보급품의 수송이 곳곳에서 단절되었다. 그들의 군량미는 여지없이 약탈당하고 군마와 병기들마저 엄청난 손실을 입게 되었다.

조선의 곡창 지역인 전라도로 진입하기 위해서 수많은 배로 침탈하려는 시도는 이순신 장군에 의해 차단되었고 육로를 향한 진군도 경상우도의 의병들에 의해 그들의 길이 차단되었다.

도요토미의 핵심 지휘관인 가토 요시아키加藤嘉明와 이와노쿠니의 영주가 소유하고 있던 300여 척의 군함대를 투입하였으나 이순신이 이끈 튼튼한 거북선 함대는 울돌목에서 왜적의 함대를 초토화시켰다. 적절하게 지형 지물을 활용한 이순신의 전술은 왜적을 압도하였다.

　옥포 해전에서 관백 도요토미가 아끼던 구루지마 미치하사來島通久가 전사하고 이와노쿠니에서 발진한 장수들도 스스로 할복하였다.

　안택선과 비교가 되지 않는 거북선과 화력의 우위를 점함으로서 해전에 있어서는 조선이 일본보다 훨씬 우위였다.

　왜병의 재난은 날이 갈수록 더해만 갔다.

　도요토미는 명나라로 쳐들어가기 위해 명나라와 인접해 있는 평안도에 고니시 유키나가와 고니시 사쿠에몬小西作右을 배치하여 평양성을 점령하고 그 주변에 왜성을 축조하였다.

　명나라 요동 부총병 조승훈이 약 오천 명의 국경 수비 기마병을 거느리고 7월 15일 폭우가 쏟아지는 날 평양성을 공격하였다. 명나라의 원정군 가운데 우참장 대조변과 유격 사유 등이 전사하였고 왜장 사카이의 히비야 료

카가 전사하고 시쿠에몬作右衛門은 명나라 원정군의 포로가 되었다.

평양성을 탈환하는 데는 실패했지만 왜병의 피해 또한 엄청나게 컸으며 이를 계기로 명나라의 원정군이 대량으로 투입되는 결과를 낳게 되었다.

고니시 유키나가가 평양성을 빠져 나와 한양으로 내려왔다. 부산진에서 한양에 이르기까지 10여 리 마다 왜성을 쌓거나 주둔지를 구축하였는데 이 지역에는 관백의 사위인 우키타 히데이에宇喜多秀家와 주고쿠의 영주인 모리 데루토모毛利輝元가 관장하였다. 한양에서 북쪽으로는 히고노쿠니의 영주인 가토 도라노스케와 모리 요시나리毛利吉成가 관장하였다. 특히 중국 접경지대에는 고니시 유키나가와 구로다 나가마사黑田長政가 포진되어 있었다.

부산진에서 한양에 이르는 연도에 왜성과 왜성을 잇는 거리는 10여 리였다. 한양 북쪽으로는 명나라 장수 이성량李成樑이 대장으로 임명되어 명군 3만 명을 이끌고 대동강 유역에 왜성을 차례로 공략하여 승리로 이끌었다. 왜장 평의지平義智를 사살하였다.

경상우도 감영과 향청이 있는 곳곳에 언문으로 된 방

이 나붙었다.

주자학에 빠져 싸움질이나 하는 사민과 조정의 벼슬아치들이 수탈하는 부역을 감면하고 공사천을 무두 면천하겠다. 그리고 우리는 너희 하민들을 결코 죽이지 않는다. 너의 군주가 너희를 학대했기 때문에 너희를 거두기 위해 왔다. 남자는 보리를 거두고 여인은 길삼을 하면서 가업을 지키도록 하겠다.

는 내용의 방문이 곳곳에 나붙어 있었다.

포산 현청에도 방문이 이곳저곳에 여러 장이 나붙어 있었다. 포산 장터 소전에 홍정바치가 전하는 이야기로는 어제 야밤에 왜놈들이 잡아간 조선 사람이 이 방문을 붙이는 것을 목도했다고 한다. 판서 댁 노비 귀불이와 노비 소생인 어린 아이들이 몰래 붙이고 사라졌다고 한다.

상당수의 노비출신 의병들은 자진해서 무기를 버리고 왜병이 발급하는 왜첩을 받고 길을 인도하거나 의병들의 동태를 파악하여 보고하면 양곡과 포목을 내려준다고 한다.

개성 인근에서 선조가 몽진하는 가마에 돌이 날라들고 평양에 머물던 의인왕후가 함흥으로 옮기려고 하자 흥분한 하민들이 내관들에게 몽둥이질을 하고 중전의 수레를 끄는 말에게 돌팔매질을 하였다는 소문이 퍼지고 있었다. 선조가 몽진하는 길을 왜병에게 알리기 위해 "임금 수레가 강계로 향하지 않고 의주로 갔다"라고 방을 써서 붙인 자도 있었다. 함경도에서 임해군과 순화군을 사로잡아 왜군에 넘길 만큼 터전을 잃은 임금은 상갓집 개보다 못할 수 있었다.

고대 정경운이 포산에 들렀다가 솔례에서 하룻밤을 함께 보냈다.

포산은 겨울 눈 속에 깊이 잠들어 있었다.

바람결에 불어오는 눈송이는 붉게 물들다 조락한 담쟁이, 붉나무, 화살나무 잎사귀의 빛깔에 어울려 피가 섞인 눈보라로 변해 사방을 분간 할 수 없을 정도로 휘몰아치고 있었다.

"곽공 위로는 공경에서 아래로는 서리에 이르기까지 매관매직과 약탈을 일삼고 이를 경계할 계책도 없으니 참으로 한심한 일이오."

가물거리는 촛불 빛보다 창호지 문살 밖이 더욱 흰 것 같았다. 고대 선생은 이미 아래기 소주 두 롬을 나와 함께 마셨다. 그러나 주안상 앞에 꼿꼿이 앉아 자리를 흩트리지 않았다.

"임금은 의주 가까이 용만이라는 곳에 가서 사냥을 즐긴다고 하니 썩은 나무가 정권을 잡고 있고 걸어 다니는 송장이 권력을 휘두르니 어찌 백성이 불쌍하지 않겠소."

"임금은 사직을 위해 죽으려는 국군사사직國君死社稷의 의리가 없으니 백민들은 당연히 왜적의 앞잡이로 나서는 길 밖에 다른 도리가 없지 않겠소."

술잔이 몇 순배 오가면서 취기가 오르자 고대 정 선생은 더 격렬한 이야길 토해 내었다. 6월 열엿새 날 왜병의 무리가 성주로 진격해 오니 성주 목사 이덕현은 전라도 방면으로 달아나 버렸고 스무엿새 날 금산 수령은 제원역 앞 전투를 벌이다 혼자 줄행랑을 쳤다고 한다. 무주에서는 전 군수 김종려가 왜적에 투항하여 청철릭을 받고 그 앞잡이가 되었으며 이증이라는 놈은 왜병의 짐을 지고 종려라는 놈은 적의 소굴에서 심부름을 하고 있다고 한다.

"나라의 은혜를 저버리고 절의의 예를 무너뜨리고, 견마보다 못한 놈들이 득실거리니 이 애통함을 어찌 이길 수 있단 말이오."

나라가 위기인데도 남원 부사 윤안성은 성문을 열어

놓고 줄행랑을 쳤고, 남원 판관은 전라순찰사 이광의 첩에게 뇌물을 받치고 군율의 죄를 면했다고 한다. 군사들을 포악하게 다룬 박천봉의 이야기와 술에 취해 유흥을 즐기는 이정암과 악행으로 백성을 떠나게 한 거창 현감 권황의 이야기로 날을 하얗게 지새웠다.

"나라를 다스릴 계책이 없으니 한수 이남의 백성들의 눈물을 어찌 헤아리겠소."

"봉제사도 제대로 지낼 수 없으며 제수를 장만할 여력이 없는 무너져 가는 사대부의 앞날이 한심합니다."

"예와 의가 사라져 가는데 앞으로 어찌 군주의 명이 바로 설수 있으며 하민에 대한 사민의 힘이 어찌 미칠 수 있으리오."

초저녁에 불을 댕긴 밀초 한 자루가 다 녹아내려 가물거리던 빛을 잃었다. 그러나 이미 문 밖에 눈빛이 반사되어 훤하다. 고대 정 선생은 당당하고 꼿장한 몸자세는 흩으러 지지 않았다. 말 한 마디 한 마디마다 여물게 여닫는 입술에 힘이 가득한 것 같았다.

"거창현에 산척 정혼이라는 놈이 곽 장군을 비롯한 내암이 이끄는 의병이 관창을 헐어 곡식을 훔쳐가고 군병기를 탈취하여 민가에 노략질을 일삼는다고 경상우도 순찰사 김수에게 고발을 했다잖소."

왜적이 휩쓸고 간 뒤에는 반드시 화적패들이 밀어닥쳐 집 안에 유기, 철물, 포백, 곡물, 서책들을 훔쳐 나가고 소와 말을 훔쳐 왜병에게 넘겨주는 무리가 한둘이 아니다.

홍이장군

경상우도 초유사 학봉 김성일 장군이 5월 중순 함양과 산음을 거쳐 진주성으로 가는 도중 단성에서 의령 의병장 곽재우와 가수 조종도를 만났다. 학봉은 곽 장군의 부친인 곽월이 사간으로 있을 때 응교로 일하면서 모셨던 적이 있기 때문에 첫 만남이지만 인연이 적은 것은 아니었다.

왜란 초반에 관군의 지휘 체계가 무너지게 된 이유가 조정으로부터 장수가 내려올 때까지 기다려야 했기 때문이다. 그러니까 갑자기 물밀듯이 밀어닥친 왜적의 공격을 눈을 뻔히 뜨고 당할 수밖에 없었다. 그 틈을 놓치지 않고 의병들이 창의함으로서 왜병의 공격을 다소 누그러뜨릴 수 있었음을 학봉은 잘 알고 있었다.

"곽 장군, 이미 온 나라의 성열이 모두 붕괴되었으니 힘을 합쳐 왜적을 토벌하여 원수를 갚으면 죽어도 여한이 없을 것입니다."

"이미 곽 장군이 창의하여 삼가에 윤탁 대장과 도총학유 박사제와 군기에 허자대, 군량에 정질이 맡고 의령에는 수병장에 이운장이, 선봉장에 심대승, 배맹신이, 독후장에 정연이 군량에 허언심이 병기에 강언룡이 맡아 곳곳에서 왜병을 소탕한 것은 모두 곽 장군의 뛰어난 지략의 덕분이요."

학봉은 거동하는 모습이나 말하는 데도 여유가 있었다. 큰일은 큰일대로 적은 일은 적은 일대로 쓰임새에 따라 적절하게 대처하는 인자하면서 한편으로는 엄격한 느낌을 그의 모습에서 금방 읽을 수 있었다.

"학봉, 여기서 뵈올 줄 꿈에도 몰랐습니다. 실로 의병이 궐기하는데 뒤에서 양식과 군마 그리고 병기까지 지원을 해 주고 있는 포산에 사는 곽주입니다."

나를 향해 학봉선생에게 인사의 예를 올리도록 하였다.

의병소 부근 산기슭에서 밀려오는 밤나무꽃 향기가

물씬물씬 번져 왔다. 소쩍새의 울음소리와 박새 울음소리가 자지러지듯 늦 봄날의 햇살을 더 따갑게 달구는 듯하였다.

세 사람은 함께 진주성으로 향해 말고삐를 돌렸다.

창의사 김천일 장군이 학봉과 곽재우 장군을 맞이하여 예를 갖춘 뒤에 청청 흐르는 남강이 해자를 이룬 천연의 요새인 진주성 촉석루에 올랐다. 강물은 녹조로 더욱 시퍼렇게 말없이 유유히 흐르고 있었다.

학봉이 눈을 지그시 감으며

"촉석루 세 장사들
잔을 들고 웃으며 맑은 강물을 가르키누나
맑은 강물은 도도히 흘러
물결이 아니 마르매 혼도 죽지 않으리"

시를 한 수 읊었다. 진주성 뒤편 비봉산 자락에서 뻐꾹새 소리가 남강의 여울을 흔들고 다시 촉석루 건너 들판에 메아리가 되어 흩어지고 있다. 한 마리 뻐꾹새 소리는 여러 마리의 울음으로 메아리가 되어 큰 울음에서 작은 울음으로 이어가고 있었다.

합천에는 전 전령 정인홍이 고령에서는 전 좌랑 김면이, 포산에서는 전 군수 곽진과 전 좌랑 박성이 삼가에서는 학유 박사제가, 초계에서는 전치원과 이대유, 삼음에서는 오장이 단성에서는 권세춘, 함안에서는 이정이 의령에서는 곽재우가 서로 연대하여 경상우도로 남하하는 왜병을 차단할 것을 결정하였다.

"경상감사 김수가 왜적과 마닥뜨려 싸울 생각은 하지 않고 의병이 관곡과 병기를 탈취하였다고 비판하면서 얼마 전 밀양을 침입한 왜병을 피해 영산으로 의령으로 달아나기에 급급합니다."

"경상 감사가 이 모양이니 어떻게 군기가 바로 설 수 있단 말입니까?"

"사민은 물론이거니와 노비와 화전민, 심지어 화적떼나 불무쟁이, 어물바치에 이르기까지 목숨을 내놓고 싸우는 마당에……."

화가 난 듯이 말하지만 곽 장군의 얼굴 표정은 변화가 없었다. 남명의 문하에서 나라에 대한 충과 의를 배우고 몸소 실천해 온 곽 장군의 어조는 당당하였다.

"내가 초유사의 명을 받들고 전라도 운봉에 당도했을 때 경상감사 김수를 만났습니다. 김 감사는 임금이 몽진을 갔으니 임금의 곁에서 적을 막아야 한다며 영을 넘어 운봉에 당도했습니다."

"제가 겨우 근왕을 핑계로 경상도를 벗어나려는 일은 옳지 않는 일이라 설득하여 함께 함양으로 되돌아 왔습니다."

학봉의 말이 채 끝나기도 전에 곽 장군은 말을 이어 갔다.

"영공이 진심으로 나라를 위해 일하려면 김수와 조대곤의 무리를 제거하지 않으면 민심을 붙잡을 수 없습니다."

"이미 왜란이 일어나기 이전부터 경상도 지역 곳곳에 산성 축조를 위한 과도한 부역과 조세의 침탈에 지친 백성들의 불만이 이만저만이 아니었습니다."

"왜적들이 연이어 대구 달성을 향해 밀어 오기 전에 방어해야 하나 경상 좌우도의 관군을 미리 대구읍성에 집결해 두고는 조정의 명이 전달되지 않았다고 멍청하게 시간만 허비한 탓으로 이 지경에 이르게 된 것입니다."

"읍성을 축조한다고 백성들을 부릴 때는 언제고 이제 와서는 성안에만 있는 것은 가당치 않다고 영산에서 초계로 이리 저리 숨어 다니는 자가 어찌 군사를 절제하는 일을 맡을 수 있습니까?"

"초계로 탈주한 김 감사를 칼로 베어 죽이고자 하였으나 향리 사람들의 만류로 그만 두었으나 김 감사와 경상 우병사 조대곤 등은 왜병을 호위하여 적이 도성까지 편안하게 침범하도록 하여 군주께 화를 미치도록 한 놈들입니다."

합천군수 전견용은 김수와 조대곤과 내통하여 곽재우가 관창을 헐어 양곡을 의병 무리에게 마음대로 퍼 주고 또 관아의 병기를 탈취하여 역적을 모의하고 있으니 토적 도당의 우두머리 곽재우를 잡아 죽이라는 관자를 내었으나 아무도 이에 응하는 자가 없었다. 이른바 자중지란이 쉽사리 가라앉을 것 같지가 않았다.

관자의 내용은 다음과 같다.

토적 우두머리 곽재우는 초계에 관아에 들어가 병기와 군량을 탈취하였으며

초계에 사는 정대성이라는 자도 덩달아 관곡과 병기를 탈취하였으니

장차 이 무리가 세력을 규합하여 나라를 침탈하는 흉계를 꾸미고 있다.

이에 정대성은 잡아 참수형에 처했으니

곽재우는 보이는 대로 목을 벨 것을 열읍의 제 장수들에게
알리노라.

경상감사 김수

곽재우 장군이 이끄는 의병은 이 사건으로 인해 와해
위기에 몰렸다. 자칫 역적 무리로 몰리게 되면 3족이 멸
문될 수 있기 때문에 의병들은 소리 소문 없이 뿔뿔이
흩어질 위기에 처했다. 그러나 초유사 학봉이 곽 장군을
오히려 격려하면서 의병을 궐기하여 적을 토멸할 것을
명했다.

세상에는 자기를 버리고 나서는 사람을 도와주지는 못
할망정 뒷다리를 잡아 끌어내리려는 무리들이 훨씬 많
다. 그래서 의를 의롭게 만들려고 나서는 일에 주저하도
록 만든다.

선조는 삼남에 창궐하는 왜적은 그대로 방치하면서
왕을 호위하기 위한 병사를 징발하여 오도록 삼남의 감
사에게 명을 내렸다. 김수는 군관 80여 명을 이끌고 2만
관군을 확보한 전라 감사와 전주에서 합류한 다음 2만5
천의 관군을 확보한 충청 감사와 함께 6월 4일 경기도

용인 광교산에서 소수의 왜병과 접전 끝에 대패하였다.

네 겹으로 열병한 왜병 화승총수들이 교대식으로 일제 사격을 가하자 5만여 관군들은 바람결에 쓰러지는 갈대처럼 일시에 무너져 내렸다.

삼남의 관군이 지원하여 도성의 회복을 기대했던 선조의 실망과 좌절은 더욱 클 수밖에 없었다. 경상 감사 김수는 전라와 충청에 비해 출진한 관군의 숫자가 적었던 이유를 의병들이 설친 탓으로 돌렸다.

광교산 전투에서 살아남은 두서너 명의 관군이 6월 중순경 김 감사를 호위하여 임시로 설치한 산음 감영에 도착하였다. 곧 바로 여러 읍성에 의병을 해체하여 관군으로 보강하라는 관자를 돌렸다.

이에 민심을 팥죽 끓듯 분노가 끓어올랐다.

사민들뿐만 아니라 양인이나 노비를 비롯하여 장시에 몰려든 온갖 바치들에 이르기까지 창과 칼 그리고 쇠스랑과 낫과 도끼를 치켜들고 일어나니 그 창끝을 막을 수가 없었다.

곽재우는 이 기회를 놓치지 않고 김수의 죄목을 일일이 헤아려 김수를 처단할 것을 결의한 격문을 온 고을에 보냈다.

　　의령 의병장 곽재우는 일도 의병 제군에게 공포하여 알리
노라.

　　김수는 나라를 망친 큰 도적이외다.
　　춘추의 대의로 논한다면 사람마다 누구나 죽일 수 있는 것
이오.
　　혹은 말하기를 도주의 허물은 말만해도 안 되는 것인데
　　하물며 그의 머를 베이려 하느냐 하나 이것은 한갓
　　도주만 있는 것을 알고 군부가 계신 것을 알지 못하고
　　하는 말이외다.
　　왜적을 맞아 한성으로 들어오게 하였으며 임금이 파천까지
하시게 되었는데
　　그를 도주라 할 수 있겠오.
　　손도 꼼짝하지 않고 방관하고 있다가 나라가 망하는 것을
　　기뻐하는 자는 도주라 할 수 있겠오.
　　한 도의 사람이 모두 김수의 신하가 된다면
·　김수의 죄를 말하지도 못하고 김수의 머리를 베어서도 안
되겠지만

한 도의 사람이 주상전하의 신하가 아닌 사람이 없거늘

나라를 망친 적은 사람마다 다 죽일 수 있는 것이며

패퇴하기를 기뻐하는 요사스러운 사람은

사람마다 다 참수할 있는 것이오.

일부 사람들은 김수를 참수하는 일은 사리에 옳지 않다고 하나

나라의 원수를 갚고 나라의 적을 토벌하는 것이 이른바

옳은 사리이외다.

김수는 사리를 잃어버린 지 오래됨에

사리의 옳고 그름을 진실로 논할 필요조차 없고

먼저 이 요사스러운 인간의 목을 베어서 백성들의 분노를

없앤 연후에 임금의 행사를 다시 받들어 중흥의 공을 세운다면

크게 사리에 옳은 일이오.

엎드려 바라건대 의병 제군자께서는 이 격문을 자세히 열람하시고

향병을 이끌고 김수가 있는 곳에 모여 그의 머리를 베어

의병 행재소로 보낸다면

도요토미의 머리를 바치는 것보다 갑절의 공이 될 것이외다.

오직 의병은 그것을 양지하시고 만약 수령들이 나라가 장차

망할 것과 군신의 대의를 생각하지 않고 역적 김수를
옹호하여 그 고을 사람들로 하여금 의병을 방해하는 자가
있으면
김수와 같이 목을 베리라.

의병장 곽재우

과격하다면 엄청나게 과격한 내용이다. 임금의 하명
으로 재수된 도감찰사를 임금의 명을 받지 않고 참수한
다면 이 또한 역적으로 몰릴 수 있다. 왜적을 향해 관군
과 의병이 힘을 합쳐도 부족한 판에 자중지란의 의적행
위가 될 수도 있다.

그날 나는 달래와 함께 곽 장군의 의령 행재소에서 오
지 않는 잠을 달래며 잠자리에 들었다.

그날 밤, 어둠의 빛을 바래질 무렵 말발굽 소리가 요
란하게 들렸다.

행재소 막사의 문을 걷고 밖을 나가니 김경근의 목을
꽂은 삼지도를 든 달래가 내 앞에 꿇어앉았다.

"어르신, 어제 밤 자시경에 이놈 김경근이 말을 타고
의령천을 따라서 가례리 방면으로 달리는 것을 보고 미

행을 했습디다.”

"아니나 다를까 이놈이 산음 방면으로 가는 것을 눈치 채고 앞질러 산음 감영에 가서 대기하였더니 인시경에 산음 강여에 당도하여 김수를 만나러 들어가자 얼마 있지 않아 김수와 조대곤 등 일행이 말을 타고 함양 방면으로 불이 나게 달아났습니다.”

"뒤따라 나온 김경근을 미행하여 취조를 했더니”

"이 놈이 미리 김수에게 이쪽의 상황을 밀고하고 김수를 피신시켰습니다.”

김수의 참수를 앞장서서 선동하던 곽 장군 휘하의 병사 김경근에게 기회가 왔다. 김경근 그날 밤 산음 임시 감영으로 말을 타고 달려갔다.

"김 감사님, 감사님의 목을 베기 위해 곽재우가 의병 대군을 이끌고 내일 이곳으로 올 것입니다.”

"우선 몸을 피하신 후에 조정에 이 일을 알리도록 하심이 옳을 듯합니다.”

임시로 설치한 감영 막사에는 조대곤은 아무 말도 없이 이미 반쯤 타들어간 촛불 아래 어둑하게 깊이 들어간 김수의 눈만 쳐다보고 있었다.

관복을 입고 있는 김수의 소매 자락이 간헐적으로 흔들

렸다. 유난히 깊숙이 들어간 눈두덩을 조금 실룩거리며

"조 장군, 밤사이에 성곽이 그래도 안전한 함양으로 거처를 옮기도록 준비하라."

"내가 김경근 너희 공은 절대 잊지 않겠네."

김수는 조대곤과 함께 함양으로 향하고 김경근은 말머리를 돌려 의령으로 향했다.

남강을 타고 의령으로 가는 방목리 부근에서 달래가 김경근의 앞길을 가로 막았다. 깜짝 놀란 김경근은 말머리를 다시 산음 방향으로 돌리려 하자 달래는 몸을 날려 김경근의 목줄기를 낚아채어 모랫바닥에 떨어졌다.

"네 이놈, 사나이 몸으로 태어나 아녀자보다 더 못한 이중첩자의 밀고를 하다니……."

김경근은 저항하지 못했다. 변명을 늘어놓는 경근을 향해 달래는 삼지도를 힘차게 내리쳤다.

붉은 핏물이 뚝뚝 듣는 머리통을 삼지도에 꽂고는 말에 휙 올라탔다.

핏물은 흘러 가라마의 등줄기를 홍건하게 적셨다.

함양 관아로 들어간 김수는 성문을 굳게 잠그고 며칠을 보냈다.

김경근의 피살 소식이 전해지자 감영은 발칵 뒤집혔다.

언제 밀사가 날아들지 예측할 수 없어 더욱 불안하였다. 조대곤과 함께 다시 거창 관사로 거처를 옮겼다.

밤을 새우며 경상도 읍열에 보내는 관문과 김수의 격문을 써서 도내 읍열과 조정으로 치계를 올렸다.

조정으로 보낸 치계의 내용은 다음과 같다.

역적 곽재우를 격함

의령에 사는 곽재우는 곽월의 아들을 칭하며 무뢰배 300여 명을

이끌고 다니며 초계 관아를 침입하여 관인들을 결박한 뒤에

관고를 부수고 군량과 잡물을 탈취하여 무뢰배들에게 나누어 주었습니다.

신이 알기로는 곽월은 포산 지역의 세거하는 문벌인데

어찌 그 소생이 관아를 업신여기고 탈취한 것은

조정을 우섭게 여기는 무뢰한 육적입니다.

그 아비 곽월을 빙자한 곽재우의 행위는 역적도당의 짓이 아닐 수 없습니다.

미구간에 듣자하니 의령현 신반 곡창을 털어가고

또 진주 전세선 4척의 곡식도 약탈하여 사창에 보관하면서

사방의 노비나 화적떼에게 나누어주고 있습니다.

나라가 위급한 처지에서 의병을 일으켜 왜적을 공격하는데

진정 병량이 부족하면 마땅히 수령에게 알리든가

도감사인 신에게 알려 법에 따라 의병을 구휼할 일이지

그렇게 하지 않고 화적떼처럼 관아를 침탈하니

이는 분명이 역도의 마음을 가진 것으로 신은 판단하고 있
습니다.

곽은 경상도 병사 조대곤이 체포하라는 명을 내린 것을 마치

신이 내린 것으로 알아듣고 공공연하게 흉참한 말을

퍼뜨리며 심지어는 신의 목을 참수하라는 격문을 돌리고
있습니다.

초유사 김성일이 이를 알고 저지하고 있으나

낙강유생 뿐만 아니라 시정 잡배무리를 끌어 모아

그 세력이 날로 커지고 있습니다.

왜적을 토벌하는 척하는 이름은 의병이나

실로 불측한 생각을 품고 있는 역적 도당입니다.

신이 일찍이 조치하지 못한 바는 사세가 어려움이 있었던
까닭이었습니다.

소신의 막하 장수에게 격문을 보내어 자객으로 거행케 하고

신의 죄상을 침소봉대하여 여러 고을에 통문을 보내어

장차 거병하여 난을 꾸미고 있습니다.

수령들에게도 말을 듣지 않으면 함께 죽이겠다고 격문을 보내

흉측한 짓을 하고 있음에 말로 이루 다 표현할 수 없습니다.

성을 쌓으면서 백성을 학대하고 절제를 그르쳐 왜적이 침로케 한 것이

모두 신의 죄가 된다고 하였습니다.

변방의 장수들이 죽을 것이 두려워 패퇴하는 것이 어찌 소신의 절제

잘못입니까?

경상우도의 정병 5~6백 명을 이끌고 동래에 도달하니 십만에 이르는 왜적과

싸움의 승산이 없다고 판단하여 밀양으로 퇴주하였으나

밀양에도 왜적이 물밀듯이 밀려와 초계로 달아났으며

거창에 이르러서도 적을 공격할 수 없는 상황이라

근왕을 의탁하여 운봉으로 향한 것을 신의 죄로 몰아넣었습니다.

나라가 이런 지경에 이른 것을 생각하니 울음과 눈물이 절로 납니다.

초유사 김성일이 권함에 군사를 되돌려 경상우도로 와서

여러 고을에 진을 치고 있는 왜적을 토벌하여 군현을 수복하였습니다.

운봉에서 근왕을 위해 진군하지 못한 일은 초유사의 권고도 있었지만

군량이 부족하여 도중에 낭패를 당할까 하여 본도로 돌아온 것이지

결코 도망하여 온 것이 아닙니다.

의병을 흩어지도록 절제를 발하여 초유사가 거의 다 이루어 놓은

공을 실패로 돌아가게 한 것이 신의 죄라고 하지만

정인홍과 김면 등이 의병을 일으키는 일을 도모하였고

합천의 의병장 손인갑도 신이 선정하여 전공을 올린 것도

신이 도모한 일이옵니다.

이는 진실로 곽재우의 황망한 무뢰배의 짓과 비할 바가 아니옵니다.

의병에 관한 일은 초유사 김성일과 상의해서 처리하였으며

조금도 혼자서 처리하지 않았습니다.

화기가 이미 발하여 신이 죽고 사는 것이 순일 내에 결정될 것 같습니다.

신의 죄는 스스로 조정에서 처리할 것입니다.

시종 모함의 정상을 죽기 전에 밝혀 아룀으로서 죽어서도 눈을 감을 수 있을 것 같습니다.

이미 변을 만났으니 두꺼운 낯을 들고 머물 수 없으니

일도에 호령하여 속히 조처를 취하시어 일도를 진정시켜 주옵소서.

몽촌 김수는 홍문관 교리로 있을 때, 왕명으로 『십구사략十九史略』을 주해한 유학자 출신인 만큼 왜란에 직면하여 민첩하게 대응했으나 전략에는 옹졸함이 없지 않았다. 곽재우의 격문과 통문에 대응하여 일일이 변론을 할 만큼 통이 큰 인물감은 아니었다.

손바닥을 마주쳐야 소리가 나듯이 한 도를 관장하는 감사로서 곽재우를 모함하여 역적으로 내모는 졸렬함을 학봉을 다 읽고 있었다.

감사 김수의 막료 김경눌을 시켜 또 격문을 도내 읍열에 모두 보냈다.

재우당에게 격함

무릇 천하사기의 밝혀지지 아니한 것은 지자라도 모를 수 있는 것이오.

거의 밝혀진 것은 비록 지극히 우둔한 사람이라도 그것을 모를 리가 없다.

이제 재우의 평소 악행한 행실이 기회를 틈타서 흉악한 모습을 뚜렷이

볼 수 있으니 지자를 기다리지 않고도 가히 알 수 있다.

도내 사람으로 혹 다 알지 못해서

함께 흉당에 들어가 부도한 처지에 함께 빠진 것을 애석히 생각하노라.

여러 사람들이 함께 알고 있는 것을 다 말하노니

제공은 살펴 듣고 그 정상을 헤아려 거취를 정하여 향배를 결정할 지어다.

재우는 본디 탐폭한 사람으로 부형의 세를 빙자해서 오로지 활경을 일삼고 다른 사람의 우마를 탈취하였다.

그가 사귀어 맺은 사람들은 흉악한 인물들로 이지란 자는 그 마음이 바르지 못하다는 것을 가히 알 수 있다.

문덕수란 자는 사주를 죽일 것을 음모했고 방백을 꾸짖으며 욕을 했고

병사를 고소하였으니 재우의 찬조를 받지 않음이 없은즉 그 마음이 음흉하다는 것을 가히 알 것이다.

이제 난리가 나니 의병을 거짓 의탁하여 무뢰지배를 꼬여서 흉당을 지워 초계 창고를 부수고 군량과 청밀을 비롯하여 준기와 잡물을 탈취하여 갔다.

또 의령 창곡을 약탈하고 진주에서는 4백여 석의 세곡을 싣고 가던 전세선을

약탈하여 사창에 보관하면서 무뢰배들에게 나누어 주고 있다.

왜적은 쫓지 않고 흉계를 꾸며 겉으로는 왜적을 토벌하는 것 같이 하고

내심으로는 불신의 음모를 꽤해 도 방백을 제거하고자 군현에 격문을

전달하여 수령을 죽일 것을 음모하며 상하 인심을 동요케 하고 있다.

어리석은 백성들과 낙강유생들이 흉도의 술수에 빠지는 것도 모르고

충의를 내세워 난폭한 고장으로 변작시키니 장차 일도의 옥석이

불에 타고 천년 후에는 그 악명을 면치 못할 것이니

어찌 제공들은 수치가 아니겠는가?

진정 재우가 당초 의병 군사를 일으킨 것이 참으로 의거란 말인가?

의거였다면 마땅히 왜적이 성할 때 마음에 지닌 사적 감정은 풀고

적을 토벌해야 할 것인데 사적 원한을 갚으려 무상의 흉계를 실행하였으니

제공들은 어찌 재우를 의심치 않는가?

이노의 딸을 첩으로 삼고 그의 재물을 탐하였으니 그자의 심술은

개돼지와 다름이 없다.

설령 재우가 수령을 살해하고 도백에게 해를 끼치고 마침내 불연을 도모하는

날에 제공들은 어떻게 되겠는가?

재우를 따르면 스스로 난역죄인이 될 것이오. 그렇지 않으면 충신열사가 될 것이다.

제공에게 바라노니 일찍이 역순의 사리를 헤아려 먼저 재우의 머리를 베어

군문에 바치면 모든 사람이 그 사기를 높이 살 것이며

나라서도 아름답게 여겨 무궁한 복록을 누리게 할 것이다.

사태가 심상치 않게 돌아가고 있었다.

나의 종형인 곽재우는 정암공의 손자요 감사 곽월의

아들이다. 그럼에도 불구하고 아버지를 사칭한다니 있을 수 없는 말이다. 집안의 재원을 털어내어 의병을 창기하고 목숨을 걸고 왜병과 싸우고 있는데 의병을 무뢰배 흉당이라니 이 어찌 있을 수 있는 말인가?

향리를 지켜 위로는 군왕을 지키고 아래로는 종사를 지키기 위해 포산 곽씨 문중의 집안사람들뿐만 아니라 인근 사족들이 앞을 다투어 곡식과 철물, 우마를 아끼지 않고 헌납하는 일이 어찌 불신불측不臣不測의 짓이라 말할 수 있는가?

사민들만이 아니라 노비와 장인, 바치 등의 하민들까지 가세하여 의병을 일으킨 내암 정인홍과 김면과도 끊임없이 소통하면서 왜적을 방어하는 데 노력하고 있지 않는가?

나와 곽 장군이 진주로 향하는 길에 윤탁 장군이 김경노가 보낸 격문을 가지고 달려 왔다. 말을 탄 채로 뒤로 머리를 돌려 윤탁 장군과 삼가의 진사 윤언례와 의병도총 박사제와 나에게

"아무 걱정하지 말게. 의와 적의 구분은 하늘과 땅이 알 것이며, 옳고 그름의 판단은 공론에 달려 있다"라고 말하더니 껄껄 큰 웃음을 쳤다.

의령으로 돌아와 다시 일필로 격문을 써 내려갔다.

의령 의병장 곽재우는 일도 의병 제군에게 다시 알리노라.

일전 순찰사 군관배가 나에게 두 통의 글을 보내 왔는데
한 통은 〈역적 곽재우를 격함〉이고 다른 한 통은 〈재우의
당을 격함〉이었다.
이 모두가 터무니없는 거짓으로 꾸며 낸 말로서
나를 병들게 하고도 부족하여 충의를 역적으로 지목하니
그것은
진회의 흉교한 술책이라.
한 사람의 진회로도 반사의 울분을 말할 수 있거늘 하물며
많은
진회가 순찰사의 막하에 모여 들어 있음이라.
덕이 모자라 군졸이 따르지 않음을 알 지 못하고
의병이 창궐한 탓에 군관이 따르지 않는다고
의병의 활동을 저지하니 참으로 한심한 노릇이다.
나는 각 고을이 하루아침에 무너지니
이에 분발하여 죽음을 무릅쓰고 충의를 모아 의병을 일으
켰으니

그 명분이 바르고 말이 온순하였음은 사람들의 귀와 눈이 있으니

쓸 데 없는 군더더기 말은 아무 필요가 없다.

이제 충신 곽재우나 의사 곽재우가 역적의 누명을 면치 못하게 되었다.

그 의사를 헤치고 나아가서 의병을 헤치려는 까닭을

알 수 없는 노릇이다.

지난 번 나의 격문은 가벼이 움직인 감이 없지 아니하나

충의의 마음에 격분함이 지나친 감이 있지만 어째서 이렇게 몹시 헐뜯는가?

김경눌과 이노[2]는 그 틈이 벌어진지 오래라.

---

2) 본관 고성. 자 여유(汝唯). 호 송암(松巖). 시호 정의(貞義). 경상도 의령 출생으로 조식(曺植)에게서 배웠다. 1564년(명종 19) 진사시에 합격하고 1584년(선조 17) 봉선전(奉先殿) 참봉이 되었다. 1590년 문과에 급제하였다. 이듬해 직장에 임명되었으며, 정여립(鄭汝立)의 옥사에 연루되어 억울하게 죽은 최영경(崔永慶)을 신원하자고 요청하였다. 또 일본에서 보내온 외교문서의 잘못을 지적하고 외교와 국방의 방안을 건의하기도 하였다. 1592년에 임진왜란이 일어나자 즉시 조종도(趙宗道)와 함께 귀향하여 의병을 일으켰다. 경상우도 초유사 김성일과 함양에서 만나 도처에 소모관(召募官)을 보내어 창의하도록 하고 군량을 모았으며, 그 종사관으로 활동하였다. 한때 관찰사 김수에 의해 곽재우와 함께 탄핵받았으나 김성일의 두둔으로 무사하였다. 1593년에는 명나라 제독 이여송에게 일본과의 화의를 비판하는 편지를 보냈다. 이후 형조좌랑·비안현감·정언 등을 역임

240

조식의 문하 이노를 음족의 괴수로 몰아 의사를 역도라고 하는가?

장차 의사를 대궐에 알리려 해도 북쪽 하늘이 멀고 아득해서

외치며 부르짖어도 미치지 못하니 엎드려 바라건대 모든 의병소에

각기 통문을 내어 의사의 밝고 깨끗한 마음을 참소하여

죄에 **빠**지도록 꾸미려는

자들이 모함하지 못하게 한다면 다행한 일이다.

아! 떳떳하고 어진 성품은 사람마다 다 지니고 있는 법이라.

감히 대오부덕의 이름을 충신 의사의 이름 위에 가하려 하다니

어찌 마음 아픈 일이 아니겠느냐?

맹자가 말씀하시기를 의를 적이라 하는 자를 적이라 하였거늘

대의에 앞장 선 사람을 적이라 할 수 있는가?

허물이 아닌 것을 모함하는 자를 적이라 하노니 제군들은 잘 살피기 바라오.

하였다. 이조판서에 추증되고 낙천서원(洛川書院)에 제향되었다. 저서로는 ≪용사일기(龍蛇日記)≫, ≪문수지(文殊志)≫, ≪사성강목(四姓綱目)≫, ≪송암문집≫ 등이 있다.

이어 곽재우는 〈자명소〉을 지어 조정 올렸다. 학봉은 이처럼 사태가 길게 뻗치면 당연히 곽재우가 불리할 수밖에 없음을 알고 있었다. 김수는 매사에 조급하고 각박하여 비록 민심을 잃었으나 현관 도관찰사로서 실세이지만 곽재우는 의병을 창의한 공로는 인정되지만 일개 향리의 유생에 지나지 않는다.

한편으로는 김수도 스스로 목숨의 위협을 느낄 수밖에 없었다. 곽 장군의 휘하에는 신출귀몰한 재사들이 많았으며 완력이 드센 화적당과 신출귀몰한 달래나 억술이와 같은 군졸이 많다는 것을 김수가 모를 리가 없었다. 몇 차례 학봉에게와 고령의 의병장 김면을 통해 화해를 요청하기도 하였다. 그러나 조정에서는 이 문제에 대해 어떤 결론이 날지 예측불허의 상황임을 꿰뚫어 읽고 있는 사람은 학봉이었다.

앞으로 명나라 군사들이 왜적을 압박하기 시작하면 북쪽으로 진출해 있는 왜적들이 다시 삼남지방으로 몰려 올 때를 생각하면 곽 장군을 잃어버려서는 안 된다는 판단을 하고 있었다.

별이 땅에 지다

학봉은 곽재우에게 김수와의 대각을 누그러뜨리도록 당부하는 글을 보낸 동시에 곽재우를 신구하는 계장을 조정으로 보냈다.

사실 학봉도 조정으로부터 완전한 신뢰를 얻고 있는 것은 아니었다. 임란이 일어나기 일 년 전인 신묘년에 일본에 통신사로 다녀온 보고에 대한 평가에 대해 의견을 달리하는 조정 대신들이 많기 때문에 선뜻 곽재우를 두둔하는 신구의 계장을 올리는 일이 쉽지 않았다.

항상 공정한 마음으로 할 말을 곧이 하면서 살아온 학봉은 밤이 이슥한 무렵 서안을 당겨 붓을 들었다.

신구 곽재우장

수는 관자를 보내어 의령의 관원을 시켜 재우를 체포 구금 토록 하였습니다만

신이 가만히 생각하면 재우가 만약 역적하려는 마음이 있었다고 하면

그는 지금 정병을 거느리고 있으니 한 사람의 역사로는 잡을 수 없는 일이오.

만일 반역하려는 마음이 없다면 한 장의 편지로 능히 깨우칠 수 있을 것입니다.

이미 재우에게 편지를 내어 여러 가지로 일깨워 주었고 김면 또한 나와 같이

편지를 내어 경고를 하였는데 즉시 들어주었습니다.

또 진주가 위급하다는 소식을 받은 7월 초 사흗날

재우는 군사를 이끌고 달려가서 구원하러 달려갔습니다.

재우는 일개 도민으로서 도주를 범코자 하여 그 죄를 성토하고 격문을 보냈으나

자신이 나라를 위한 울분을 참지 못해 일이 이 지경까지 이르렀다고는 하나

결과는 난민에 불과함으로 곧 쳐서 없애는 것이 당연하오나

재우는 나라 전체가 함몰된 뒤에 외로운 군사로서 용기를

내어 적을 쳐서 물리치니

도내의 쇠잔한 백성들이 의지하여 간성으로 삼는 터인데

이제 말을 함부로 하였다고 하여 곧 잡아 죽이면

보존되어 온 잔여 성들이 적을 막아낼 계책이 없사오며

군민은 그 죄를 모르기 때문에 일시에 흩어져 갈 것입니다.

신은 계봉하여 진정시킬 생각으로 여러 번 타이른 결과

이미 순종하려 하는 것이지만 순찰사에게 죄를 지었으니 혹시

서로 화합되지 않아 다른 변이나 일어나지 않을까 두렵습니다.

신은 을묘왜변 때 전라감사 김수(金睟)가 영암군에서 다른 고을로

달아났으며 수원 전부사 윤기(尹祁)는 당시 유생의 몸으로 포위된

성안에 잇다가 칼을 뽑아 베려고 하였는데

김수는 화를 내지 않고 웃는 얼굴로 다스렸습니다.

사람들은 이제까지 윤기의 용감함을 칭찬하여 아울러 김수의 포용함을

높이 여긴다고 들었습니다.

이제 재우의 일은 비록 망령됨이 지나친 일이라 하겠으나 실지로는 다른 마음이 없는 것이니

감사가 김수처럼 처리하면 일이 무사하옵기에 신은 김수에게 글을 보내어 선처할 것을 촉한바 앞으로 다른 변이 없을 것 같으나

이미 김수가 판적으로 계장을 올렸으니 또 다른 사람의 사주를 받은

것이라 하였기에 만약 이것으로 죄를 주게 되면 다만 재우만 죄에 불복할

뿐 아니라 온 도의 민심을 수습할 길이 어려울까 염려되오니 몹시 통박한 일이옵니다.

그의 충의심을 분발하는 모습과 용기를 내어 적을 친 공로는 도내에 드러난 일로서 아동에서 도졸까지 모두 곽 장군이라 칭하며

또 그는 전술이 능하여 장수의 재능이 있다고 믿사오니

만약 그의 망녕된 짓에 대한 처벌을 관대하게 해 주시면 반드시

그 효험이 있을 것으로 믿습니다.

신은 불행하게도 소모사의 명을 제수한 뒤에 두 차례나 이러한 변을 당했습니다.

신이 4월 중에 호남으로 길을 택하여 운봉에 이르렀을 때 호남 사람들은 순찰사 이광(李洸)이 근왕에 늑장을 부린다고 그를 치고자 하는 계략을 비밀히 하는 사람이 있었사오나 신은 대의로서 이것을 꺾고 그곳에 있는 김수에게 의논하여 이광에게 알려 대비하라고 하니 김수가 하는 말이

그가 근왕에 늦장을 부렸으므로 이를 치려고 함은 가히 의사라 할 수 있으니

만일 이광에게 이런 말을 하여 혹시 이 사람을 죽이게 된다면 도내의 인심이 격동될 것이니 이광에게 알리지 않는 것이 좋겠다고

말을 했습니다. 이 말에 신도 찬동하여 그만 둔 일이 있습니다.

이제 재우의 일도 이와 같사오니 김수를 만약 호남에서 선처한 의로서 재우를 처리한다면 일 처리가 어려울 것 같지 않습니다.

신과 김면이 재우를 타이른 글월과 이에 대한 재우의 답서를 등서하여 올려 보내옵니다.

학봉이 일본 통신사로 떠나기 전 병술년 나주 목사로 이지도와 다물사리 사건에 대한 송관으로서도 강직하고

빈틈없는 학봉의 성품을 읽을 수 있다.

남편을 일찍 여읜 임씨가 여종과 짜고 남의 아이를 데려다 자신이 낳은 것처럼 꾸미자 나씨 문중에서 성을 속이고 종통을 어지럽힌 죄로 고발하였다. 이 두 집안은 이 문제로 인해 대를 거쳐 불목하게 되었다. 이에 학봉은 "후사가 없는 사람이 버린 아이를 데려다 아들 삼는 것도 금지 하지 않는 바인데, 숨겨진 것을 쓸데없이 가려내서 남의 후사를 왜 끊어야 하는가?"라는 판결을 내리자 모두 속 시원하게 생각했다고 한다.

양비론적이면서 동시에 양측을 화해시키는 절묘한 판결과 같은 계장이었다. 조정에서도 학봉의 계장을 받고 우의정 윤두수는 학봉을 통해 두 사람을 설득하도록 결정하여 경상도민들의 조정에 대한 불만을 해소시켰으며 또한 관군과 의병의 협조를 절묘하게 이끌어 냈다.

이어 학봉이 경상좌도 순찰사로 김수가 경상우도 순찰사로 제수되었으나 우도의 유림들이 학봉을 좌도로 제수한데 대해 다시 반발하자 그해 9월에 김수를 한성부윤으로 소환하고 학봉을 경상우도 순찰사로 영해 부사 한효순을 경상좌도 순찰사로 제수를 하였다.

9월 4일 가을이 깊어 갈 무렵이었다. 온 산천을 붉게 물들이던 단풍이 서나서나 초겨울 바람에 질 무렵 학봉은 초계에서 강을 건너 포산과 창령을 거쳐 밀양과 청도의 각 고을을 순행한 다음 안동을 들러 선영을 참배하고도 감영으로 돌아왔다.

경상우도와 전라도로 진출했던 왜병들이 진주와 사천 등지에 왜성을 축조하여 장기전에 대비하고 있었다. 군량을 약탈하고 또 왜성 축조에 필요한 인력을 구하기 위해 양민들을 닥치는 대로 잡아 갔다. 학봉은 김시민 진주 목사를 비롯하여 내암 정인홍, 송암 김면을 비롯하여 곽재우 장군을 독려하여 진주성을 방어하기 위한 준비에 들어갔다.

10월 초하루 순찰사로부터 온 전령이 우도의 관아와 향청으로 송달되었다.

9월 24일 김해의 적이 부산의 왜적과 합세하니
그 수를 헤아릴 수 없다.
노현을 넘어 돌진해 오니
여러 장수들의 방어선은 쉽게 무너지고 흩어져서
비가 쏟아지는 듯한 총포에 우리 군사들 700여 명이 전사했습니다.

창원 병영으로 왜병들은 무라카미 가문 왜적이
네 겹으로 진을 치고 일제 사격을
가하니 전사한 우리 병사들이 700여 명이나 되었습니다.
겨우 살아남은 병사들은 퇴각하기에 급급하여
내 수하에는 한 명의 군졸도 남지 않았습니다.
내륙이 이렇게 내몰리고 있으니 도 천제가 함락되는 것은
조석에 달려 있습니다.

해안선을 따라 왜성을 축조하기 위한 방어선으로 진주, 창원, 김해, 부산으로 이어진 내륙 방어선을 확보하기 위해 총력전으로 진주를 향해 몰려오고 있었다.

내암 정인홍 장군의 의병과 합류한 의령의 의병들은 3천여 명이 되었다. 곽 장군의 휘하 의병대장 윤탁과 도총 박사제와 선봉장 배맹신, 선봉장 심대승이 이끄는 의령 의병 2천여 명이 남강이 구비치는 와룡, 유곡, 덕목, 원가 방면에 매복진을 치고 있었다. 선봉장 심대승의 휘하에는 억술이를 비롯한 화적 패거리와 여장 달래가 합세하였다. 선봉장 배맹신과 심대성은 비봉산 자락 끝에 철환총통 20여 문을 배치하여 진주성 후면으로 접근하는 왜적에 일대 타격을 가할 준비를 하고 있었다.

억술이와 달래는 어느새 한 무리가 되어 남강의 하단 방면으로 종횡무진 들락거리고 있었다.

김면 장군이 이끄는 의병은 전라도 의병장 최경회가 이끄는 의병과 합류하여 무릇 5천6여 명이었다. 의승인 인준印俊이 승군 이백여 명과 합세하여 산청에서 진주로 들어서는 길목인 사다리와 탑리 길평 지역과 화예, 예의 배춘리 지역 양쪽에 배수진을 치고 있었다.

김해, 창원 방면에서 진주로 진격해 온 나가오카 다다오키長岡忠興 휘하의 왜군 약 2만 명은 수천 개의 대나무 사다리를 만들어 남강을 건너오기 시작하였다. 평지전에 취약할 것이라고 예상 했던 왜병들은 공격 선두에 선 화총병들이 우리 병사들이 쏜 화살이 도달하지 않는 지점에서 일제 사격의 방식으로 공격을 가해 왔다.

진주성을 공격, 목사 김시민이 지휘한 3,800명의 조선 군은 연노를 격발하면서 왜적이 성곽에 접근하지 못하도록 근접사격을 가했다. 비봉산 자락 끝에 철환총통을 20여 문 배치한 의령 의병들은 외적의 죽제 사다리를 향해 공포탄을 쏘니 천지가 진동하는 듯하였고 성문을 굳게 닫은 진주 병사들은 화약을 장치한 대기전大岐箭을 쏘아 죽제를 파괴하였다.

진주성 후면으로 접근하는 왜적에 일대 타격을 가할 준비를 하고 있는 의병들이 함성을 지르며 북을 둥둥 울리고 있었다. 의병대장 곽재우의 응원은 아군에게 심리적으로 큰 역할을 하였다.

억술이와 달래가 탄 말이 한 무리를 이루면서 적진 사이를 파고들었다. 총탄이 빗발처럼 쏟아지는 왜병의 후미를 공격하여 왜병의 목을 삼지창에 주렁주렁 매달고서는 매복하고 있는 의병진을 향해 달려왔다가는 또다시 왜병 속으로 사라졌다. 옷에는 핏물이 흘러 붉은 악마의 무리와 같아 보였다.

갑옷과 투구, 말안장, 심지어는 저고리의 소매까지 붉은 핏물이 들었다. 이이 나오사마의 병졸과 같은 붉은색을 띤 억술이와 달래가 구분되지 않았다.

붉은 악마의 무리 속에서 순간적으로 다섯 마리의 말에 삼지도를 휘두르며 빠져 나오면 다시 몇 급의 왜병의 목이 삼지도 끝에 매달려 있었다.

성에는 군복을 입지 않은 여자들과 양민과 농민이 뒤섞여 있었고 심지어는 어린 아이들까지 마른 갈대에 화약을 싸서 던지거나 끓는 물을 퍼붓거나 큰 돌을 던지는 등 결사적으로 싸우고 있었다.

왜군과 6일간에 걸쳐 벌이던 진주성의 대접전으로 엄청난 피해를 서로 주고받았다. 끝내 진주성을 지켜냈다. 그러나 사천 쪽으로 패주한 왜병들은 전라도로 진입할 수 있는 관문인 진주성으로 향한 공격은 하루를 거르지 않고 집요하게 지속되었다.

동짓날 진주 목사 김시민이 관아에서 목숨을 거두었다. 10월 진주성 전투에서 맞은 총탄의 상처가 아물지 않고 정신이 혼미하고 어지러워 걸을 수 없었다.

그 전날 김시민 목사는 머리를 단정히 빗고 옷을 갈아입은 후에 관아 서리들을 불러 모았다.

"내가 지례와 성주, 의령 등지의 전투에서 내 목숨을 아끼지 않고 싸웠다. 나라의 운명이 벼랑 끝에 몰려 있거늘 어찌 내 몸 하나 아낄 수 있는가?"

"진주의 백성들을 내 부모처럼 그리고 내 처자식처럼 아끼고 사랑했다."

"나라를 잃은 백성은 부모 잃은 아이와 같은 것이니 내 비록 죽더라도 이 진주성은 반드시 지켜야 한다."

"순찰사인 학봉이 관군과 의병을 잘 이끌어서 우도를 잘 지켜왔다."

"앞으로 왜병들의 진격이 만만치 않을 것이다."

북쪽을 향해 사배를 드리고는

"이제 너희들을 물러가게."

그 이튿날 김시민 목사의 죽음이 알려지자 진주 백성들이 어른, 아이 할 것 없이 울음바다가 되었다.

학봉은 12월 24일 경상우도 임시 관아가 있던 산음에서 안동 천전(내앞)에 있는 부인 안동 권씨에게 한 통의 언문 편지를 보냈다.

섣달 초 7일에 내린 큰 눈이 아직 녹지 않고 산바람을 타고 관아의 마루와 문전까지 날아왔다. 겨울나무가 바람을 맞으면 윙윙 울음소리를 낸다. 책에 파묻혀 일생을 보내야 할 운명이 어이하여 숱한 죽음을 바라보며 굶주림과 추위와 한파를 헤치며 하루 종일 말 등잔에 실려 이곳저곳을 정신없이 전란 속을 헤매고 다닌 지 한 해가 다 되었다. 출사한 지 몇 년 동안 사당 제사며 부모 효도도 제대로 하지 못한 자신이 천하의 불효라 생각했다.

끝없이 고생만 시킨 아내 생각이 간절하였다. 나라를 위해 순절하기 4개월 전 아내에게 보낸 마지막 이별의 편지이다.

이 편지는 내앞(川前)에서 포산 우리 곽씨 문중으로 시집온 내앞댁 재종숙모가 베껴 온 것이다.

요스이 치위여 대되 엇디 계신
고 ᄀᆞ장 스렴ᄒᆞ뇌 나는 산음
고올 와셔 모믄 무스히 잇
거니와 봄 내ᄃᆞ릐면 도즈기
글월 거시니 아므려 홀 주
늘 몰나 ᄒᆞ뇌. 쏘 직산
잇던 오슨 다 와시니 치이ᄒᆞ
고 이ᄂᆞᆫ가 분별 마소
댱모 뫼읍고 과셰 됴히 ᄒᆞ소
ᄌᆞ식들게 우무 스디 몯
ᄒᆞ여 몯ᄒᆞ뇌 됴히 이시나 ᄒᆞ소
감시나 ᄒᆞ여도 음시글 갓가
스로 먹고 ᄃᆞ니니 아므 것도
보내디 몯ᄒᆞ뇌 사라셔
셔ᄂᆞ 다시 보면 그지ᄂᆞᆯ 홀
가마ᄂᆞ 긔필 몯홀쇠
그리디 말오 편안히 겨소
그지업서 이만 셔쓸 스믈 나흔날

김 手決

【겉봉】

寄內書

右監司宅 안동 납실

石魚 二尾

石茸 二斤

石榴 廿介手決

　요사이 추위에 모두들 어찌 계시는지 심히 걱정이 되오. 나는 산음山陰(지금의 경남 산청 고을)에 와서 몸은 무사히 있지만, 봄이 내달으면 닥치면 도적들이 다시 날뛸 침범할 것이니 어찌해야 할지 모르겠소. 또 직산에 있던 옷은 다 여기에 왔으니 추워하고 있는가 걱정하지 마시오. 장모님 모시고 과세를 잘 하시오. 자식들에게는 언간을 따로 쓰지 못하오. 잘 있으라 하오.

　감사라 하여도 음식을 가까스로 먹고 다니니 아무 것도 보내지 못하오. 살아서 서로 다시 보면 기약을 할까마는 언제라고 기한을 정하지 못하겠소. 그리워하지 말고 편안히 계시오. 끝이 없어 이만. 섣달 스무 나흗날.

김 수결

【겉봉】
안사람부인에게 부치는 언간
경상우도 감사댁 안동 납실

조기 두 마리
석이버섯 두 근
석류 스무 개 수결

학봉 김성일 선생이 경상우도 감사로 산음현에 있을
때인 선조 25(1592)년 12월 24일에 쓴 편지다.

김성일 선생은 자가 사순 호가 학봉이며 시호는 문충
이다. 중종 33(1538)년, 안동군 임하면 천전(내앞), 내앞
의성 김씨 종가에서 청계공 김진金璡의 넷째 아들로 태어
났다. 18세(1555년)에 금계에 사는 안동 권씨 댁에 장가
를 든 후, 그 이듬해 퇴계 선생의 가르침을 받기 위해
순흥에 있는 소수서원에서 글을 읽었다. 31세(1568년)에
문과에 급제하여 홍문관 수찬, 이조 좌랑 등을 역임하며
성년 이후 생애의 대부분을 관직에 있었다. 선생은 강직

하고 엄정한 성격의 소유자로 불의를 보면 참지 못하는 간관諫官이었으며, 어떤 직책을 맡든 엄정한 자세로 초지일관 공무를 수행하는 진정한 목민관이었다.

선조 25(1592)년 왜군의 침입으로 전 국토가 쑥대밭이 되었던 당시, 국가적 위기에 봉사할 기회로 삼았던 선생은 55세의 나이로 그해 4월 경상우도 병마절제사, 8월 경상좌도 관찰사, 9월 경상우도 관찰사가 되어 경상도를 방어하는 책임을 맡았다.

10월에는 적에게 포위당한 진주성으로 달려가 독전하여 의병장 김시민과 함께 7일간의 공방전 끝에 왜군에 대승을 거두었다. 이른바 임진왜란 3대첩의 하나로 꼽히는 진주대첩은 선생의 지휘를 통해 경상우도는 물론 호남 의병까지 와서 지원한 가운데 진주 민중이 얻어낸 빛나는 승리였다.

1592년 12월 24일, 날씨는 점점 추워지고 왜구의 침공도 잠시 뜸하였다. 왜구가 침입한 4월부터 정신없이 경상도를 방어했던 선생은 이제야 붓을 들어 피란 중에 있던 부인 권씨에게 한 통의 한글 언간을 보낸다. 용감한 작전 지휘와 타고난 강직한 성품으로 위급한 전황을 대승리로 이끈 학봉 선생이지만 잠시 고향에 있는 아내와 자식들을 걱정할 때에는 여느 사람과 다를 바 없이 자상한 남편이요 아버지였다.

"봄이 닥치면 도적이 다시 침범할 것이니 어찌해야 할 줄 모르겠소"라는 구절은 봄이 되면 다시 왜적이 침범할 위급한 상황이지만 물리칠 마땅한 방법이 없는 안타까운 심정을 피력하고 있다. 그러나 추위에 어떻게 지낼지 걱정할 아내를 안심시키면서 자녀들의 안부를 묻는 것도 잊지 않는다. 부인 안동 권씨가 무남독녀였기 때문에 학봉 선생은 처가인 금계에서 장모를 모시고 살았었다.

전쟁이 길어짐에 따라 양식이 떨어지고 백성들의 굶주림은 심각하여 농사지을 종자조차 없었다. 급기야 학봉은 조정에 사람을 보내 삼도체찰사 유성룡柳成龍에게 군량과 백성을 구제할 진곡賑穀과 파종할 종자를 호남에서 조달할 수 있도록 요청하기에 이른다. 사정이 이러하였으니,

"감사라 하여도 음식을 가까스로 먹고 다니기에 아무것도 보내지 못하오"라고 할 만큼 당시 전황의 어려움이 이만저만이 아니었다.

살아서 아내를 다시 만날 수 없음을 미리 짐작한 것일까?

전황이 예측하기 어려울 정도로 위급한 상황임을 암

시하면서도 선생은 아내를 안심시키려는 마음으로 다음과 같이 적었다.

"살아서 서로 다시 보면 기약을 할까마는 언제라고 기한을 정하지 못하겠소. 그리워하지 말고 편안히 계시오."

이 말이 결국 권씨 부인에게 마지막으로 남긴 이별의 말이 될 줄 누가 알았을까? 남편의 죽음 소식을 들은 아내에게는 더욱더 뼈에 사무치는 애절한 한 마디가 되었다.

겉봉에 적혀 있는 '寄內書 右監司宅 안동 납실'은 "안동 납실에 있는 경상우도 감사댁에게 보내는 언간"라는 뜻이다. 여기서 '납실'은 현재 안동시 임동면 원곡猿谷을 가리키는데 이곳은 전쟁을 피해 본가의 가족들이 피란을 하고 있던 곳이다. 편지 겉봉에는 이밖에 선생이 언간과 함께 보낸 조기 2마리, 석이버섯 2근, 석류 20개의 물품 수량과 수결이 적혀 있다.

소리 소문도 없이 별이 땅에 떨어졌다. 그러나 왜란은 숙지지 않고 계속되었다. 재종숙모가 베껴 온 이 편지를 나는 머리맡에 두고두고 두고 읽는다. 사대부가에 첩실 한두 명 두지 않은 벼슬아치가 거의 없지만 학봉은 학처럼 아내를 일념 사랑하다가 고이 이 땅을 떠났다.

논고에 두고 온 아내 생각으로 삼가 의병소의 날이 세는 줄 모르게 잠을 뒤척이다 새벽녘에야 잠이 든 모양이다.

진주성

1592년 4월 13일 오후 5시경 고니시 유키나가가 이끈 1만8천여 명의 왜병들은 그 이튿날 정발鄭撥 장군이 수성하던 부산진성을 함락하고 15일 부사 송상현이 지키던 동래성을 짓밟고 물밀듯 양산, 밀양, 대구를 거쳐 상주로 진격하였다.

바람처럼 몰려가 경상도의 최후 방어선인 순변사 이일이 지키던 상주와 문경을 초토화하였다. 28일 충주 달천 전투에서 강안을 업고 방어하던 도순변사 신립과 김여물의 결사대는 왜적에게 괴멸 당했다.

제1번대 고니시 유키나가에 뒤이어 4월 18일 '나무묘

법연화경'이라고 쓴 붉은 깃발을 앞세운 가토 기요시마와 나베시마 나오시게가 이끄는 왜병들은 언양, 경주, 안동, 단양을 거쳐 충주에서 고니시 부대와 합류하여 각각 진격로를 나누어 한양으로 치달았다.

5월 3일 한양의 왕성은 왜적의 발 아래로 굴러 떨어졌다. 한양을 점거한 왜적은 부산에서 30리 거리의 간격을 두고 왜진을 설치하고 조선 8도를 분할하여 그 책임자를 할당하였다.

다시 임진강 전투에 대승한 고니시 부대는 5월 29일에 개성을 6월 15일에는 평양성을 점령하였다. 가토군은 함경도 방면으로 진군하여 왕자 임해군과 순화군을 포로로 삼고 두만강 변경까지 주요 검점을 완전히 장악하였다.

8월 개성에서 왜장들이 모였다.

전라도와 경상도에 창궐한 의병들을 그대로 방치하면 부산포에서 한양으로 이르는 보급로가 차단된다. 왜군들은 군량 보급로를 확보하기 위해 전라도로 진군하기 위한 작전이 논의되고 있는 듯하였다. 경상도 산청이나 함양을 거쳐 전라도로 진입하기에는 산세가 험악하여 여러 가지 어려움이 있기 때문에 경상 전라의 교두보인 진주성을 끝까지 지켜낼 필요가 있었다.

경상우도 의병들의 육로 기습전과 바다로는 이순신 장군이 물길을 가로막고 있어 왜병들이 경상우도에서 전라도로 진출하려는 기도가 번번이 무산되었다. 동쪽으로는 남해 바다가 접해 있고 지리산 자락의 마지막 봉우리 비봉산이 장막을 이루고 앞으로는 청청 푸른 남강이 기름진 들판을 안고 도는 진주. 천애의 요새, 진주성은 경상도와 전라도를 잇는 길목을 지키고 있다.

부산진에서 진해와 창원 지역의 공격을 맡은 기무라 히타치노스케木村常陸介, 하세가와 고도로長谷川藤五郎, 나가오카 효부長岡兵部 세 명의 왜장은 경상우도 내륙을 지키는 모리 데루모토와 전라도 금산 지역을 방어하는 안코쿠지와 고바야카와 다카카케小早川隆景와 협의하여 진주성을 다시 공략할 것을 결정하였다.

히데요시는 가스야 가이젠노쇼加須屋內膳正에게 명하여 고바야카와 다카카케를 진주성 공략에 협조하도록 명했으나 그 연락을 받지 못한 고바야카와 다카카케는 전라도 금산에서 철수하여 도리어 북상하여 개성 방면으로 진군하고 있었다.

9월 23일 히타치노스케木村常陸介, 하세가와 고도로長谷川

藤五郎, 나가오카 효부長岡兵部 세 명의 왜장은 창원성 전투에서 경상우병사 유숭인이 이끄는 관군을 대파하고 26일에는 함안까지 무난히 진출하였다.

2만여 명의 왜병들은 진주성을 향해 그 외곽의 포위망을 좁혀가고 있었다. 방탄갑옷을 입고 투구를 쓴 왜병들 모습이 각양각색이었다. 가문별로 차이를 보이는 붉은 복장과 검은 복장과 흰 복장을 입은 왜병들이 질서 정연하게 진주성 앞 넓은 벌판에 어린진을 치며 밀려오고 있었다.

붉게 타오르던 단풍잎이 다 져 버린 나무는 앙상한 가지만 바람에 몸을 부대끼고 있었다. 창원성 함락에 성공한 히타치노스케木村常陸介, 하세가와 고도로長谷川藤五郎, 나가오카 효부長岡兵部 세 왜장이 이끄는 왜병들은 울긋불긋한 깃발을 앞세우고 함안을 거쳐 묘사리와 유현리를 향해 질풍노도와 같이 몰려 왔다. 장지리, 강주리와 사도리에 매복을 하고 있던 유숭인이 이끄는 관군들이 진주로 들어오는 길목을 틀어막고 매복진을 치고 있었다.

왜병의 전령이 진주 동쪽 마현의 북봉에 이르러 진주성을 내려다보았다. 선봉대는 진주 성주로 정해져 있던 모쿠소판관木曾判官이 선봉을 끌었다. 가운데는 모쿠소판관과 시마즈 요시히로가 그 측면에는 히타치노스케木村常陸介, 하세가와 고도로長谷川藤五郎, 나가오카 효부長岡兵部가 진을 짜고 진주성 앞 들판으로 물밀듯이 밀려왔다. 유숭인 장군이 앞장서서 왜병들을 향해 진군과 공격을 이끌고 나섰다.

화살을 집중적으로 왜병을 향해 쏘았지만 아무 대응도 하지 않고 진주성 앞 들판으로 쏟아져 나온 왜병들은 일시 어린진을 펴더니 일제사격을 가하기 시작하였다. 한 나절이 지나면서 들판은 일천여 명의 유숭인이 이끈 관군들은 시체더미를 이루었다.

그 무렵 진주성 주위를 매복하고 있던 의병들과 관군들은 각기 왜병을 향해 겹겹으로 포위망을 구축하였다.

대탄으로 넘어온 왜병 가운데 검은 방탄 갑옷을 입고 머리에는 초승달 모양의 장식을 한 투구를 쓴 놈, 소매깃까지 붉은 복장을 한 다이가문 출신인 붉은 사시모노를 등에 꽂은 놈, 미나모토 가문 출신인 백색 깃발을 든 놈, 돗토리 가문 출신인 황금색 투구의 뿔을 장식한 놈, 붉은 일산을 받쳐 든 놈 등이 칼을 휘두르며 시위를 하고 있었다.

진주성 뒤편 비봉산 자락에는 의병장 곽재우 장군의

막하에 심대성이 이끄는 의령, 창령, 포산 의병들이 진을 치고 있다.

단성 방면에는 합천 판장 김준민과 전라도 의병장 최경회와 임계영이 진을 치고, 곤양 방면에는 정기룡과 조경형 의병장군이 진을 치고 있으며 진주성 앞 들판에는 고성의 의병장 이달과 최형 그리고 복병장 정유경이 각각 진을 치고 있다.

진주성 후위로 옮아 온 왜병들은 3진으로 부대를 새로 오열을 짰다. 성수경 장군이 지키는 외성 동문 쪽과, 김시민 목사가 방어하는 북문 쪽, 서문 쪽 세 갈래로 새로 대오를 편성한 왜적들은 잠잠하게 대치하고 있었다.

왜장은 전부 검은 단의를 입고 쌍견마를 타고 약 만여 명이 넘는 왜병들을 3진 대오로 편성하였다.

그날 밤 나가오카 엣추노카미의 동생인 겐바노조가 성벽에 대나무 사다리를 대고 기어올랐다. 손이 성벽 상단에 닿을 무렵 대나무 사다리를 뒤로 밀쳤다. 대나무 사다리를 타고 오르던 왜병들은 해자바닥으로 떨어졌다. 성안에 있던 곤양 군수 이광악이 뛰쳐나갔다.

떨어진 겐바노조의 목을 베어 성안으로 돌아 왔다. 왜장의 목을 베어 온 이광악을 향해 성중 모든 사람을 함성을 지르며 격려했다.

성안에는 용대기 깃발을 올리고 온각 울긋불긋한 옷으로 장식한 허수아비들을 매달고 북과 꽹과리 소리가 온 천지를 진동하고 있었다. 남녀노소 할 것 없이 남장을 하고 솥에 물을 끓이고 돌을 주워와 성벽에 접근하는 왜적을 향해 총공격을 할 준비를 하고 있었다.

"이제부터 우리는 하나가 되어 진주성을 사수할 것입니다."

"적은 왜적 단 하나이지만 우리는 둘이 아닙니다. 우리는 하나입니다."

"이 진주성이 함락되면 전라도가 무너지게 될 것입니다."

"이미 전라도 의병 원군이 이쪽으로 와 있고 경상우도의 의병들이 저 성문 밖에서 매복진을 치고 있습니다."

김시민 목사의 우렁찬 목소리가 성문 뒤편 비룡산까지 쩌렁쩌렁 울려 왔다.

성내에 있던 관군과 백성들이 함께 와 하는 함성을 울렸다. 북소리와 징과 꽹과리 소리가 자지러지듯이 한밤의 적막한 공기를 흔들었다. 몇 차례 성안을 향하여 일제 사격을 가하던 왜병진은 다시 잠잠해졌다.

성문 주변에 포진하고 있는 의병과 관군들은 여기저

기에서 횃불을 올리고 북과 꽹과리를 울리며 진동하니 불야성을 이룬 것 같았다.

달래와 억술이가 바람처럼 나에게 다가왔다.

머리는 풀어헤치고 사자가면을 목두리에 걸친 채 길고 짧은 오방색의 잡색 깃발을 온 몸에 둘렀다.

살기가 오른 삼지도를 밤하늘을 향해 휘둘렀다.

"곽공, 어제 왜군들이 함양에서 이곳으로 넘어 올 때 제가 데리고 있던 화적패 일곱을 적진에 들여보냈습니다."

"저기 쌍견마를 타고 있는 왜장 부근에 조선 여자들 사이에도 화적패가 기밀하게 끼여 들어가 있습니다."

"오늘 밤 왜장의 목을 반드시 수급하여 오겠습니다."

달래가 탄 말이 선두에 서고 억술이와 대여섯 명의 화적떼가 왜적의 후미를 파고들었다.

왜병들의 후미가 흩어졌다.

읍내 민가를 소탕하여 마루판을 거두어 오고 또 옥봉 쪽 야산에 있는 대나무를 베어 모으고 있었다.

잠시 후 달래와 억술이 패거리가 달려왔다.

피가 뚝뚝 듣는 왜놈의 머리를 삼지도에 꽂고 달려 왔다.

의병들은 환호를 올렸다.

다섯 차례 스무남 명의 왜병들의 모가지를 수급하는

동안 어둠에 묻혔던 산들이 부시지 깨어나는 듯 먼 산
나뭇가지 사이로 햇살이 비집고 들어선다.

진주 산성이 내려다보일 높이로 나무 판과 대나무를
얽어매어 밤을 새워 왜병들은 임시 왜성을 쌓았다.

해가 떠올랐다. 산성 뒤편에 왜병들은 마치 인형을 세
워둔 듯 한 치의 대오도 흔들리지 않고 그 자리에 곳곳
이 서 있었다.

전란은 아무 의식도 없던 선량하던 사람도 증오와 악
의에 찬 모습으로 바꾸어 놓는다. 그러면서 같은 편 끼
리는 아주 가까운 사람을 대하듯 깍듯하다. 사민이나 하
민이나 장군이나 군졸이나 하나가 된다.

하나로 결집되도록 묶어주는 그 힘은 분노이다. 증오
이기도 하다. 도피이기도, 피안이기도 하다.

전쟁을 통해 분노와 증오에 대한 양면성을 읽을 수 있다.

밤을 새우며 경서를 읽던 내가 나도 모르게 이미 의병
전사로 변해 있다.

아침 햇살이 눈부시게 밝아 오는데

왜병들은 불꽃 티는 화승총과 장편전으로 성중을 향
해 쏘아대고 있다.

진주성 밖의 민가는 곳곳에 불을 찔러 잿더미가 되었다.

왜적들은 밤새도록 민가에서 뜯어온 마룻바닥과 대나무를 얽어 누대를 만들었다. 진주성 안이 훤히 들여다보일 높이로 임시 왜성을 만들었다. 능히 성벽위로 닿을 만한 대나무로 엮은 사다리를 여러 겹 쌓아 두었다.

화승총 사수들은 질서 정연하게 대오를 짜서 한 조가 총을 쏘다가 물러서면 뒤 대오가 앞으로 나와 쏜다.

조총 소리가 뜸해지면서 왜적 사이로 조선 아이들이 20~30여 명이 때를 지워 몰려다니며

"한양이 함락되었고 8도가 무너졌네."

"임금은 우리를 버리고 명나라로 달아났네."

서울말과 평안도와 경상도말이 뒤섞여 있다.

"새장 같은 진주성을 어찌 지켜내랴."

"수이 항복하면 우리처럼 목숨이라도 건질 수 있다."

고래고래 고함을 치며 진주성벽 가까이 다가온다.

김시민 장군은

"저 아이들에게 절대로 공격하지 말아라."

목청을 돋우어 외쳤다.

조선 아이들은

"만일 내가 한 방울의 이슬이라면

풀잎 아래에라도 몸을 숨기련만

불쌍한 한 인간으로

태어나 이 세상 어디고 몸 둘 곳이 없도다"

사이고 다카모리가 구마모토 공성 전투에서 불렀던 시를 조선말로 옮겨 아이들에게 부르도록 시켰던 것이다.

밤을 새워 전투를 했던 성중의 사람들은 물끄러미 아이들을 바라보고 있었다. 허탈한 마음으로. 왜적들은 이처럼 야비한 수단을 전술로 이용하고 있었다.

왜적 공격 이튿날은 소강전이었다. 온갖 심리전을 펼치며 긴장 속에 팽팽한 대치가 계속되었다.

억술이는 잠시 눈을 붙일 사이도 없이 왜장으로 변복하여 왜병 진지에 잠입해 있는 화적패들에게 내일 새벽 총공격이 내려 질 것이라는 전갈을 성중으로 전달했다.

김시민 목사는 찬찬한 목소리로 독전장에게 지시하였다.

"내일 새벽 왜적들이 총진격하기 전까지 목책 산대를 대파시켜야 한다."

"진천뢰와 질려포를 집중으로 쏘도록 하고 화약을 종이 삼지에 싸서 불을 댕겨 활로 쏘도록 준비하여라."

"그리고 오늘 새벽 왜적들의 총공격이 개시될 것이다.

성벽을 오르면 왜병들에게 뜨거운 물을 쏟아 붓고 성벽 가까이 인형을 죽 세워두도록 하여라."

"왜병의 후미를 심대승, 서예원 선봉장과 전라도 의병 대장 최경회와 김준민 장군이 측면 지원을 해 줄 것이다."

"끝가지 목숨을 걸고 진주성을 사수할 것이다."

"화살 하나라도 헛되이 낭비하지 말아라. 성벽에 가까이 다가서면 일제 사격을 가하도록 사수들은 4열로 나누어 교대로 집중 사격을 하도록 하라."

물이 펄펄 끓어오른 서말지 솥에 밀가루와 강냉이 가루를 풀어 쑨 죽으로 허기를 채우도록 하였다. 왜군 후미를 지키고 있는 지원 의병들도 삶은 강냉이 두 자루와 삶은 토란알 두어 개씩 지급하였다.

성중의 군병들은 왜병 후미를 지원 사격해 줄 의병과 관군이 버티고 있어 사기가 충천하였다.

안개비에 섞인 어둠이 서쪽 하늘 붉게 물든 노을을 삼켜갈 무렵, 이미 진주성 누각보다 더 높은 망루가 만들어지고 곳곳에는 토성을 쌓아 몸을 피할 수 있는 진지가 만들어졌다.

김면 장군의 휘하 조응도와 복병장 정유경이 십자 횃불을 밝혀 들었다.

남강에는 수천 개에 달하는 짚으로 만든 배에 불이 붙어 유유히 남강의 물줄기를 붉게 물들이고 있어 왜병의 후미는 환하게 밝아왔다.

현자 총통 서너 발을 목책 망루 쪽을 향해 발사하였다. 천지가 진동하는 굉음과 함께 진주성 누각위에서는 불화살이 왜적 진지를 향해 수천 발이 동시에 날아왔다.

억술이와 달래는 검은 왜병 복장으로 갈아입었다. 왜병의 후미를 향해 치달아 갔다.

대나무 사다리를 성곽 벽에 걸치기 위해 몰려오는 왜병들을 향한 집중 사격이 가해졌다.

진천뢰로는 후미 조총병들을 향해 이곳저곳 발사되자 질서정연하게 이루고 있던 대오가 삽시간이 무너져 우왕좌왕하고 있었다.

그 틈바구니를 이용하여 왜장으로 변복한 억술이와 달래, 그리고 끝말이는 날쌔게 왜병의 목을 치고 있었다.

사흘째, 성문 밖 토성을 쌓던 인부들을 전부 조선 사람들이었다. 검고 붉은 왜병들의 복장과 달리 흰 바지저고리를 입은 남자들과 흰 저고리와 검정 치마를 입은 여자들이 흙을 이고 져 나르고 있었다.

왜병들은 산대에 올라 성안을 향해 화승총을 쏘아댔다.

성중에서 현자 총통으로 산대를 향해 공격을 가하자 산대 앞을 가로 막은 마루 널빤지와 산대 중간의 연결부분이 부숴져 내렸다.

저녁 무렵 아이들이 다섯이 북문 쪽으로 달려 왔다. 성문 가까이 달려오면서 살려 달라는 아우성을 쳤다.

그 사이 달래와 억술이가 잽싸게 뛰어갔다.

다섯 명의 아이들을 말위에 올려 태운 뒤 우리 진지로 데리고 왔다.

"살려 주십시오. 저희들은 진주 성문 밖에 사는 조선 아이들입니다."

"며칠을 굶어 배가 고파 죽을 지경입니다."

아이들에게 삶은 강냉이를 먹였다.

아이들 가운데 도장 버짐이 온 머리에 퍼져있는 제일 큰놈은 진주성 밖에 사는 하생원 댁 노비 아들 재돌술이었다. 재돌술이 말로는 진주성 동문 건너 향교에 히타치 노스케, 하세가와 고도로, 나가오카 효부 세 왜장이 머물고 있으며 왜병의 진중에는 진주 외성에 사는 조선 사람들이 천여 명이 끌려가 뒤섞여 있다고 하였다.

달래가 아이들 하나하나 가슴으로 꼭 껴안았다.

달래는 억술이를 쳐다보며

"오늘 새벽 전에 왜장의 목을 거둡시다."

"향교 부근에 경비가 만만치 않을 텐데요."

"최후의 각오를 하고 해 봅시다. 내 생각으로는 향교 곁에 있는 사창에 군 병기와 양곡이 있습니다."

"저놈들이 왜장들의 식사를 그곳에서 준비하기 때문에 그곳에 조선 사람들이 분명히 많이 있을 것입니다."

조금 전 이곳으로 탈출해 온 조선 아이들 가운데 재돌 술이가…… 말이 끝나기도 전에.

"맞습니다. 우리 어머니도 그곳에 있습니다. 동내 아주머니들에 전부 그곳에서 왜병들의 식사를 만들어 주고 있습니다."

달래가 재돌술이에게

"너희들이 도와 줄 수 있겠나."

"애, 애 그러겠습니다."

"우리가 왜병의 복장을 하고 말을 타고 그곳으로 갈터이니, 사창에 들어가 너희들 부모님들은 모두 피신 시켜라."

"전투가 벌어지면 왜병들의 후미로 돌아와 너희 부모들은 이곳으로 모시고 오너라."

"염초 3근을 종이에 싸서 사창에 불을 질러 폭발을 하도록 하고 향교에서 급히 탈출하는 의병장의 목을 노려 수급하도록 하자."

억술이는 뭣이 그리 좋은지 하, 하, 하 큰소리로 웃었다.

"오늘이 네놈의 재삿날이다.

삼지도를 허공을 향해 휘두르며

"참봉 어른, 제가 태어나서 나쁜 짓만 하다가 오늘 나라를 위해 좋은 일 한 번 하겠습니다"라며

내 앞에 꿇어 앉았다.

그 길로 아이들을 왜병의 후미길을 통해 보냈다.

상현달이 붉그스레 이 땅을 비추고 있었다. 멀리 망경들판에는 사람 키보다 더 큰 갈대가 바람에 휩쓸려 이리저리 흔들리고 있었다. 왜병들의 후미에 임시로 친 막사에는 밤새도록 불을 밝히고 있었다.

2경이 지날 무렵 향교 곁에 있는 사창에 쾅, 쾅하는 폭음 소리와 함께 불길이 치솟았다. 삽시간에 불길이 번지기 시작하여 일부 왜병들의 막사까지 불길이 옮겨 붙고 있었다.

왜병들의 유일한 퇴로인 옥봉 방향에는 두 겹 세 겹의 의병들의 방위벽이 쳐져 있었다. 그리고 만일의 사태에 대비하여 미리 퇴로까지 구축해 두었다.

향교에서 진을 치고 있던 왜장들은 두 마리의 말이 이끄는 쌍견마를 타려는 나가오카 효부와 하세기와에게 여섯 명의 화적떼가 달라붙었다. 그 순간 비호처럼 말안장에서 날아오른 달래가 하세가와 히데카즈의의 목을 내려 쳤다. 그러나 삼지도가 빗나갔다.

후퇴하면서 곁을 가로 막던 왜장 나가오카 효부의 대가리를 내리쳐 말에서 땅바닥으로 굴러 떨어진 적장 나가오카 효부의 머리를 찍어 삼지창을 치켜세우고는 비봉산 산기슭으로 비호처럼 달아났다.

눈 깜작할 사이에 일어난 일이다.

핏물이 주르륵 흐르는 왜장 나가오카 효부의 목을 삼지도에 꽂고 달려 온 달래와 억술이는 고래고래 고함을 쳤다.

"왜장의 대가리다. 개돼지만도 못한 왜병 장수의 목이다."

"보아라. 우리는 이긴다. 이길 수 있다."

목이 쉔 목소리다.

전란 중에 화적질을 하던 놈이 뭣 때문에 싸우는지 몰랐던 억술이가 시간이 갈수록 저토록 전쟁에 몰입하는 이유가 무엇일까?

과연 전쟁은 광란이다. 피를 흘리며 죽고 죽이는 인간

의 원초적인 행위이다.

이 소식은 금방 진주성 중으로 전라도 의병장에게 합천과 개령의 의병장에게까지 전달되었다.

날이 조금씩 밝아 오자 왜병의 막사에서 짐을 꾸려 퇴각하는 준비를 하는 것 같았다.

이것은 교란작전이었다.

3편대로 나누었던 왜병의 진을 두 갈레로 재편하여 5천여 명은 동문을 향하여 진격하고 다른 한편의 5천여 왜병들은 북문 쪽으로 진격하였다.

대나무 사다리를 성벽에 걸치고 방패막이로 화살을 피해가며 성벽을 오르기 시작하였다. 그 후의에서는 화승총으로 집중적으로 성벽 상단을 향에 쏘아댔다.

동문 북격대에서 김성일 목사가 진두지휘하고 있었다. 머리에는 숙대나 풀로 엮은 관을 쓰거나 온 몸에 멍석을 감고 펄펄 끓는 물을 붓거나 벌겋게 달은 쇠를 던지거나 말밤쇠를 흩어 뿌리는 등 저마다 알아서 일제히 공격을 하였다.

정규 관군은 화살로 진천뢰와 질려포를 근거리 중거리에 맞추어 공격을 폈다. 왜병들은 화승총으로 후방에서 공격하면서 전방위의 보병들이 성곽 안으로 진격하기 위해 온갖 수단을 다 쓰고 있었지만 대나무 사다리로 오르던 왜병들은 일시에 뒤로 훑어져 내리는 꼴이 가히 아수라장이었다.

북문 쪽으로 진격한 왜병들은 성문으로 진입할 태세였다. 군관들이 모두 놀라 물러서다가 최덕량과 군관 이납과 윤사복이 앞을 가로막아 싸우니 무너질 듯하던 군관들이 다시 결집하여 활을 쏘고 짚에 불을 댕겨 던지고 심지어는 지붕의 기와를 깨어 집어던졌다. 곤양군수 이광악이 북격대에서 뛰쳐나와 육탄전을 벌이며 성내의 병사들을 독려하였다.

후위에 있던 의병들이 왜적의 후방을 공격하였다.

억술이와 달래가 나섰다.

"병 안에 든 쥐새끼들이다."

"총공격하라."

날이 밝자 왜병들은 마현 고개 방향으로 퇴각하기 시작하였다.

들판에는 사람들과 말의 시체가 겹겹이 쌓였다.

민가는 대부분 불에 타거나 불에 타다 만 상태로 허물어져 있고 말과 소의 시체가 곳곳에 있었다. 놀라서 뛰어나온 비루먹은 개들이 떼를 지워 몰려다녔다.

그날 김시민 목사가 북관대에서 왜군의 총탄을 맞았다. 이마를 스쳐 간 충격으로 정신을 잃고 스러졌다. 6일간의 진주성 전투가 끝이 났다. 총력 방어전은 대승이었지만 인력과 재물의 엄청난 손실은 이루 헤아릴 수 없었다.

　학봉 김성일 순찰사는 즉각 조정에 치계를 올렸다.

　대개 온 나라가 붕괴된 나머지

　한 사람도 감히 성을 지킬 계책을 못하였는데

　김시민 목사는 홀로 능히 외로운 성을 굳게 지켜서

　바깥 응원을 기다리지 아니하고 능히 왜적의 대군을 물리

쳐서

　한 도를 보전할 뿐만 아니라 또 호남을

　보호하여 적으로 하여금 내지로 달려들지 못하게

　하였으니 목사의 공은 이토록 크옵니다.

　목민관 김시민의 진주성 대첩에서 살신성인의 공은 길이 후세에 남을 것이다.

　연로와 삼지도를 싣고 온 우마를 먼저 보냈기에 나는 심대승 장군, 정기룡, 조경형 장군, 정유경 장군과 전라도 의병장 임계영과 최경회 장군을 비롯한 합천 판관 김

준민 장군과 하직 인사를 나누었다.

아직 의식을 찾지 못한 김시민 목사를 찾아 인사를 올렸다.

눈물이 핑글 돌았다.

우도 전역을 뛰어 다니며 목숨을 걸고 의병을 지원해 주고 격려해 주던 김 목사가 빨리 회복되기를 바라며 달래와 억술이 일행과 함께 말을 타고 포산으로 향했다.

쓰러진 적들의 시체가

가을 떨어진 단풍잎과 함께

남강 흐르는 물 위로 함께

떠내려 흘러가는구나

저 달이 지고 내일이면

그대를 반길 사람의 울음소리가

만 리 밖 이국땅 이곳까지

들려오리니

언제 화포와 조총 소리

멎을 날이 찾아오리

"평상시 같으면 너희들과 이렇게 나란히 말을 타고 함

께 걸을 수 없었을 텐데……."

힐끗 억술이를 향해 무심코 한 마디 던졌다.

"어르신, 맞는 말씀이옵니다."

"전쟁이 나니까 위엄을 부리던 상전이나 노비들이나 떠돌아다니던 화적패나 다를 바 하나 없더군요."

"죽음 앞에서는 다 공평한 것 아니겠습니까?"

"그래, 너 말도 맞다. 원래 인간도 마소나 다를 바 하나 없는 짐승의 마음을 가지고 있다."

"사람이란 끝없이 마음을 다스리기 위해 수신하는 게야."

"법도를 지키기 위해 또 몸을 다스리고 또 몸을 다스리기 위해 의관을 정제하고, 부모로부터 군신의 예를 배우는 것이다."

"그런 법도는 사민들이나 배울 일이지 우리 같은 노비나 광대, 장이는 조상으로부터 타고 난 것이니 그런 거추장스러운 것을 배울 필요가 어디 있습니까?"

말문이 막혔다. 참 그것이 이해할 수가 없다. 왜 사람은 태어나면서 서로 다른 길을 가야하는지.

달은 휘영청 밝았다. 합천을 거쳐 고령으로 향했다. 사촌을 지나 봉강리 잿고개로 들어섰다. 귀두라미 소리가 산길을 재촉하듯 울었다.

지난 며칠 동안 진주성의 전투에서 벌어진 참혹한 죽음의 현장이 마치 꿈속에서 벌어진 일인 듯. 말발굽 소리만 한밤의 적막을 깨뜨리고 있었다.

　　갑자기 달래가 희죽거리며 웃었다.

　　어제 왜장의 목을 베지 못한 것이 한이나 되듯.

　　"그놈의 모가지에 철갑옷으로 둘러서인지 내려 친 삼지도가 어깨죽지로 칼날이 빗겨 튕겨 버렸습죠."

　　"저는 칼을 휘두를 때마다 순간적으로 금동이가 왜놈에게 칼을 맞고 나뒹구는 모습을 생각합니다."

　　"그러면 저도 모르는 힘이 불끈 솟아납니다."

　　달래의 옷에서 아직 피릿한 피냄새가 번져 온다.

　　"달래야 이 세상에 그 어떤 아름다운 꽃들도 다 바람에 흔들리면서 피었다 진다."

　　"바람에 흔들리며 가지를 부댔기면서 가지를 곧게 펴듯 지난 일은 지난 일이다."

　　"사람의 도리를 배워야 한다."

　　"아전이나 상놈의 씨앗이 따로 있는 것이 아니다."

　　"모든 것이 다 스스로 만든 만큼 살다가 돌아가는 것이니 네 자리에서 지켜야 할 도리를 다하는 것이 옳은 사람살이다."

"이 전란이 끝이 나면 너희들 일할 수 있는 몫을 제각각 찾아 사람답게 함께 살자."

"남명 선생이 스스로의 몸을 수신하기 위해 조정에 출사를 하지 않고 시골에서 살아가는 이유가 어디 있겠느냐?"

판서 댁 큰댁의 중상날이 다가왔다.

맏아들 의창이를 큰댁 양자로 들이기로 마음을 먹었으나 아직 포산 관아의 이서들이 자리를 지키지 않고 있기 때문에 양자 입양에 대한 소지를 내지 못하고 있던 중이었다. 중상까지는 내가 지내고 종상은 큰아들에게 맡기도록 결정하였다.

논공 아내에게 큰댁 중상 치전을 위해 제수를 장만하도록 서찰을 인편으로 보냈다.

포산 들꽃

선조 26(1593)년 9월 임진왜란으로 의주에 몽진을 간 선조의 유서諭書가 향청으로 내려왔다.

유서지보諭書之寶라는 붉은 글씨가 새겨진 방문이 향청에 붙어있다.

이 선조의 유서에는 왜적에게 포로로 잡혀간 백성들에게 다시 살던 곳으로 되돌아오기를 회유하는 내용이었다.

백성에게 이르는 글이라.

임금이 이르시되 너희 처음에 왜적에게 쫓겨서

이로 인하여 왜적에게 끌려 다니는 것은

너희 본마음이 아니라

왜적의 주둔 처에서 도망쳐 나오다가 왜적에게 들켜 죽을 까도 여기며

도리어 의심하되 왜적에게 들었던 것이니

조정에서 죽일까도 두려워 이제 들어가 나오지 아니하니

이제는 너희들 그런 의심을 먹지 말고

서로 권하여 다 나오면 너희를 각별히 죄를 주지 아니할 뿐 이니라

그 가운데 왜적을 잡아 나오거나

포로가 된 사람을 많이 더불어 나오거나

아무른 공라도 양민과 천민은 물론 벼슬도 시킬 것이니

너희들 생심도 전에 먹던 마음을 먹지 말고 빨리 나오라.

이 뜻을 각처 장수들에게 다 알려 놓았으니

생심도 의심 말고 모두 나오라.

너희 중에 설마 다 어버이 처자식 없는 사람이 있겠는가?

너희들 살던 데 돌아와 옛날대로 도로 살면 얼마나 좋겠는가?

이제 곧 아니 나오면 왜에게도 죽을 것이고

나라가 평정한 후면 너흰들 아니 뉘우치겠는가?

하물며 당병(當兵)이 황해도와 평안도에 가득하였고

경상전라도에 가득히 있어

왜적들이 곧 빨리 제 땅에 아니 건너가면

근간에 명나라 군사와 합병하여

부산 동래에 있는 왜적들을 다 칠 뿐이 아니라

강남배와 우리 배를 합하여 바로 왜 나라에 들어가

다 토벌할 것이니

그때면 너희들조차 휩쓸려 죽을 것이니

너희 서로 일러서 그 전으로 빨리 나오라.

만력 21(1593)년 9월   일

諭書之寶

슬프도다

행궁께서 천만리 머나 먼 곳에서 상황을 통촉하고 계시는지.

제 혼자만 잘 살면 된다는 썩은 나무가 조정을 좌지우지하고 걸어 다니는 얼이 나간 시체가 권력을 쥐고 있으니 나라의 불행이 점점 다가오고 있구나.

백면의 서생이 강호의 뭇 별들의 북극을 향하는 것처럼 임군을 향한 생각을 감당할 수 없었다.

번성하면 쇠퇴하기 마련이고, 오래되면 변하기 마련

이다.

하늘의 도리를 어긴 왜적이 이 땅에 건너 와 살육과 약탈을 시작한 지 벌써 한 해가 다 되었다.

임금께서 내리신 유서의 글자 한 자 한자 사이로 행간과 행간 사이로 뜨거운 눈물이 흘러 긴 강물을 이루는도다.

큰 돼지와 긴 구렁이 같은 악한 무리들이 도처에 가득하여 이 땅을 더럽히고 우리 풍속을 짓밟은 지 한 해가 지나가도 그치지 않았다.

온 산천은 텅텅 비고 눈에 들어오는 것은 쑥대와 갈대뿐이다. 굶어죽은 시체와 총과 칼에 죽은 시체가 들판과 골짜기를 가득 매우고 있다. 온 나라의 책들은 불길에 휩싸여 타 버리고 닥치는 대로 훔쳐가니 해와 달이 다시 빛날 날을 어이 기약하리.

백성들의 인심은 아귀다툼으로 땅바닥에 떨어지고 사민과 하민의 절도는 유리그릇처럼 깨어졌다.

때 이른 눈비가 내리기 시작하였다.

두 사람을 태운 말이 힘에 겨운지 앞길을 감당하지 못했다. 다 닳아 빠진 말발굽의 징이 눈길의 미끄러움을 이기지 못했다. 며칠 제대로 먹이지도 못한 말은 힘에 겨워 더 이상 달리지를 못했다.

이른 바람에 내리던 눈발은 눈포래가 되어 윙윙거리며 남강의 마지막 물길 쪽으로 몰아오고 있다.

왜장의 갑옷에 번져오는 따뜻함이 피비린내와 엉킨 머리 밑에서 차오르는 땀 냄새를 누르고 달래의 살 냄새가 번져온다.

"달래야, 아무래도 오늘 낙동강을 도하하기가 어려울 것 같다. 오천 리에서 왼쪽으로 굽어들어 두곡리 방면에 인가가 있으면 하루 묵고 가야되겠다."

그러나 인가는 눈에 띄지 않았다. 들판과 산은 하얀 눈으로 뒤덮였고 나무 가지 사이로 밀고 들어온 어둠이 빈 공간을 메우고 있었다. 낙동강이 바라보이는 쪽으로 상촌 마을 입구에 말머리를 돌리자 멀리 버섯처럼 머리를 치켜든 초가가 한 채 보였다.

인기척이 없었다.

삼 칸짜리 초가집이지만 아직 사람의 훈기가 남아 있었다. 기울어져 가는 초가집이지만 가운데 칸에는 부엌과 함께 마구간이 들어서 있고 왼쪽 안방과 오른쪽 사랑채에는 가재도구들이 그대로 놓여 있었다.

부엌과 함께 사용하는 마구간 소죽 구이에는 여물죽

이 마르지 않은 채 있었으나 소는 눈에 보이지 않았다. 집주인이 소를 몰고 피신을 간 것이 틀림없어 보였다.

안방의 방구들은 냉기가 완전히 차오르지는 않았다.

"저가 부엌에 나가서 우선 불을 지피고 먹을 것을 좀 장만해 보겠습니다. 자리를 펴고 좀 쉬십시오."

더듬거려 부쇠를 쳐서 솔갱이에 불을 댕겼다. 머리를 숙여 겨우 들어온 방문에 비치는 눈빛이 더욱 밝게 느껴졌다. 달래는 반닫지 장을 뒤지더니 핫옷 한 벌과 치마와 적삼과 속고의를 한 벌을 꺼냈다. 나에게 핫옷 한 벌을 던져 주고는 몸을 돌려 아무 스스럼없이 피가 굳어지지 않은 왜장의 갑옷을 벗었다.

그리고는 벗은 옷을 끌어안고는 부엌으로 나갔다.

타닥타닥 마른 솔가지가 타오르며 방안으로 연기와 솔가지 타는 냄새가 번졌다. 그리고 핏자국이 타는 냄새로 섞여 있었다.

문 밖에 눈이 더욱 세차게 내리며 목숨을 잃어버린 사체들의 시신들이 눈바람과 함께 몰아 다치는 듯 바람은 소리치고 있었다.

옷 벗는 소리가 났다. 목욕을 하느라 물을 온몸에 끼얹는 소리가 들렸다.

방이 차츰 따뜻해지면서 나는 잠이 들었다.

밥 냄새가 코끝을 스치더니 아내의 가슴에서 나는 살 냄새가 코끝을 스쳐 지나갔다.

눈을 떠니 달래는 하얀 한복으로 갈아입고 개다리 판에 청주 한 두름과 보리밥과 마늘지와 고들빼기짠지를 소반에 겸상으로 차려두었다.

"어르신, 부엌에 나가서 몸을 씻고 오셔서 식사를 합시다. 말은 제가 콩깍지와 여물을 썰어 소죽을 끓여 먹였습니다."

소죽솥에 물이 펄펄 끓고 있었다. 드무에서 찬 물을 섞어 몸에 끼얹었다. 스멀스멀 온몸에 기어오르던 빈대들이 다 떨쳐나간 듯 시원하였다. 소죽을 먹던 말이 물끄러미 눈 덮인 먼 산을 바라보는 눈망울이 달래의 눈과 너무 닮았다. 내 벌거벗은 온몸을 훔쳐보는 것 같아 순간적으로 두 손으로 그기를 가리었다.

말안장에 실어두었던 핏물이 뚝뚝 지는 치맛자락을 펼쳤다.

벌건 말고기 살이었다. 핏물이 옷에 흥건하게 배어있는 살점에는 칼날이 지나간 자국이 번쩍이고 있었다.

"쓰러져 죽은 말의 목덜미를 베어 왔습니다. 숯불에

구워 올리겠습니다. 유난히 벌건 말고기 살은 아직 부들부들 떨며 경연을 일으키는 듯하였다."

화롯불에 구운 말고기를 소반에 올렸다.

달래는 밥그릇 하나는 땅바닥으로 내려놓았다.

"어서 드십시오."

"마침 찾아보니 부엌 구석에 하향주가 한 단지 있어 한 두름 걸러왔습니다. 한 잔 올리겠습니다."

내 곁으로 다가와 꿇어앉아 잔을 올렸다.

잠결에서 느꼈던 살 냄새가 밥 냄새보다 더 진하게 코에 와 닿았다.

"자네도 밥그릇을 여기 상위에 올리거라. 함께 먹자."

"어찌 감히 겸상을 할 수 있겠습니까?"

술은 소리 없이 내리는 눈처럼 내 몸 안으로 녹아 스며들었다. 몸이 서멀서멀 녹는 듯하였다.

달래 뒤편에 펄럭이며 흔들리는 솔꽹이 불빛이 옷 속에 감추어진 달래의 젖가슴의 선을 뚜렷이 드러냈다. 아직 덜 마른 머릿결이 윤이 났다. 선머슴처럼 뒤엉클어진 머리를 곱게 걷어 올린 이마의 매끄러운 곡선이 몸을 움직일 때마다 반짝였다.

술은 멀리 있는 것을 가깝게 당겨준다.

문풍지를 타고 들어온 바람이 온 방안의 명암을 휘졌
고 있다.

오늘 진주성에서 죽어 간 사람들, 왜병들에게 짓밟힌
목과 팔다리와 사지가 뒤섞인 피 무덤 속에서 들리던 가
느다란 신음소리가 바람결을 타고 밀려오는 듯하였다.

퍼스러지는 보리밥을 숟갈로 찬찬 이겨서 떠먹는 달
래도 연약한 여자였다. 그런데 어디서 그렇게 용맹한 힘
이 솟아오르는 것일까?

구들목 쪽에 나의 이부자리를 펴고 윗목에는 달래의
이부자리를 펴고 잠이 들었다.

폭우가 쏟아지고 개진나루 쪽의 낙동강 둑이 터졌다.
논공이 쪽으로 황토물이 바다처럼 넘실거리며 밀려 왔
다. 누렇게 익어가던 들판이 물바다가 되고 아내와 이창
이가 굽이치는 강물에 휩쓸려 들어갔다.

눈을 떴다.

꿈이었다.

온 몸에 식은땀이 주르륵 흘러 내렸다.

곁에 달래의 가슴이 물컹 팔꿈치에 닿았다.

달래는 자지 않고 눈을 빤히 뜨고 나를 바라보고 있었다.

눈은 눈물의 웅덩이가 되어 있었다.

살이 탄탄하고 무척 깊었다.

끝없이 닿지 않는 물수렁 속으로 조금씩 조금씩 더 깊이 나를 빨아들였다.

문밖에 눈포래가 달래와 나의 몸뚱아리를 하얗게 뒤덮고 있었다.

목덜미에는 밤꽃냄새와 같이 미끈한 땀이 흘러내렸다.

들어설수록 끝이 보이지 않았다.

깊은 흡인력으로 나를 빨아드리는 소용돌이에서 나는 벗어날 수 없어 나는 그대로 소용돌이 물길에 내 온몸을 그대로 맡겨 두었다.

더욱 조여드는 늪은 내 온몸을 빨아드렸다 내뱉었다 반복하였다.

이 세상에 태어나 단 한 번이라도 사람대접을 받아 본 적이 없었던 달래의 몸에는 원한의 살기가 깊숙이 숨어 있었다. 벌벌 떨고 있었다.

외마디 소리를 지르며 죽어 가는 사람들의 숨결이 잦아질 무렵 다시 목구멍 속으로 빨려드는 흑흑거리는 소리가 들렸다.

달래의 손은 내 등을 쓸어내려 갔다. 절벽에서 아래로

떨어지는 현기증이 엷은 고막을 치르륵 긁었다.

세차게 내 두 다리를 감고 있던 달래의 두 다리가 서서히 풀어졌다. 달래의 탄탄한 가슴은 내 왼팔 안을 통해 가슴을 바싹 조이고 있었다.

한 사람도 지나가지 않은 눈길에 난 발자국처럼 나의 발자국이 달래의 온 몸에 무늬를 내고 있었다. 외로운 길이었다.

다리 허벅지 부분이 따갑게 느껴졌다. 진주성에서 내 옷에 붙어 따라온 도꼬마리 풀씨가 내 허벅지 살 속에 깊이 박혔다.

핏자국이 홍건히 이부자리에 번져 있었다.

바람소리가 잦아질 무렵 다시 깊은 잠에 빠졌다.

왼 팔에는 달래가 머리를 묻고 있었다. 달래 가슴에는 들풀꽃 냄새가 났다.

밤새도록 방문 문풍지가 울더니 바람이 잦아들자 부옇게 문창살이 부풀러 올랐다.

갈증이 나 눈을 떴다.

치마허리로 가슴을 찬찬히 동여매고 머리를 곱게 빗고 달래는 윗목에 꿇어 앉아 나를 바라보고 있었다.

"어르신."

절름발이 흉내를 내었던 들난년 얼럭광대로 소문이 났던 달래다. 그러나 절름발이도 들난년도 아니었다. 이 부자리에 번졌던 붉은 핏빛처럼 달아오른 달래의 눈망울은 깊은 우물이 되었다.

울고 있었다.

그 우물물에는 온갖 아치들과 휩쓸려 광대놀음을 하며 자라 온 지나온 날의 아픔이 적막하게 어른거렸다.

"천인의 몸으로 태어났지만 평생 어느 한 순간도 나의 신분에 대해 억울하다고 생각한 적이 없습니다. 그러나 지난 밤 처음으로 참 억울하구나 하는 생각이 들었습니다."

종년의 몸은 사람의 몸이 아니라고 생각은 했지만 뜨거운 몸은 아무런 차이가 없었다. 나는 차마 건너지 못하는 강여울에 떨어진 하나의 별이 된 것 같았다.

"어르신, 양반과 노비가 무슨 차이가 있을까요?"

"무식하지요, 더럽지요."

"사람을 마구 살상하는 이 전란 앞에서는 아무 차이도 없지 않았습니까?"

"죽음의 저 구렁 앞에서는 모두 살려고 발버둥치는……."

아무 말 없이 나는 달래와 함께 낙동강을 건너 포산으

로 향하였다.

내 허리를 감아쥐고 있는 갈퀴로 잡은 달래의 가느다란 손가락이 유난히 희고 고왔다.

성주와 창녕과 양산 방면의 왜적들이 썰물처럼 빠져나갔다. 포산 고을이 평정을 되찾는 듯 흩어진 사람들이 모여 들기 시작하였다. 명군에 밀려난 왜적들이 차츰 부산진, 김해, 사천, 진주 방면으로 몰려들기 시작하여 왜성을 축조하여 장기전에 돌입할 준비를 하고 있다고 한다.

모처럼 포산 장시가 섰다.

산속으로 숨어들었던 사람들이 다시 집을 찾아 모여 들어 먹고 살기 위해 쌀을 이고오거나 땔감을 지고 장시로 몰려들지만 쓸 만한 물건들은 거의 없었다.

장날에 외촌의 백성들이 쌀을 시장에 내보내면 이른바 승두한이라는 장도장이세를 거둔다고 쌀 한 말에 쌀은 3되 한 섬에는 3말을 거두어 간다. 서리들을 앞세운 장도자의 행패는 이루 말할 수 없었다. 쌀 한 섬을 팔러 나오면 한 섬의 쌀에서 줄어드는 것이 여러 말이 되고 한 말에서 축나는 것이 또한 절반이 넘는다.

철물바치나 사기점바치 그리고 죽물점바치들에게도 관아에 필요한 물건이라 빙자하며 지나치게 빼앗아 개

인적인 소용을 삼는다. 관노비들조차도 부조라는 명목으로 침색하여 백성들의 살길은 한없이 어렵다.

백성들의 생활이 어찌 가련치 않으리오? 더구나 농토가 적은 백성들은 더욱 불쌍하고 측은하여 봄에 밭을 갈고 여름에 김을 매는데 아침에 나가 저녁에 들어오기를 일 년 내내 하루 종일 허둥대어도 쉴 겨를이 없으니 어찌 즐거우리오?

근력을 다 쓰고 심력을 다 해도 오히려 부모를 봉양하고 처자를 보살필 수 없는 지경이다.

사민들은 땅 주인으로서 인정을 베풀지 않고 오로지 자신을 살찌우는 것만 일삼아 하민들에게 도지를 지나치게 정하고 사납고 매섭게 몰아붙여 고두高斗로 그 액수를 받고 한 되도 덜어주지 않는데 불쌍한 저 소작하는 사람들은 오히려 소작자를 바꿀까 두려워하여 감히 원통함을 말하지 못하고 빈손으로 돌아가는 것을 면하지 못하니 어찌 참을 수 있으리오?

자비로운 마음을 펴고 너그럽고 아량 넓은 일을 행하여 가난한 백성들이 조금이라도 이로움과 혜택을 입는다면 어찌 갚을 수 없는 덕을 베푸는 것이 아니리요.

봄에 소두로 색조色租를 주고 가을에 담배와 콩 등으로

돌려받을 대에는 반드시 대두를 쓰는데 이제부터 반드시 소두로 시행할 것이라는 엄명이 내려왔지만 전란의 소용돌이 속에서는 대답 없는 메아리로 흩어질 뿐이었다.

고령 쪽에서 몰려온 등짐꾼들이 그 무리들을 믿고 마을들을 마음대로 다니면서 여러 가지 침학을 자행해도 가난한 백성들은 그들의 기세를 두려워하여 감히 호소하지 못한다.

관아에서는 전란을 정비하는 각종 포고문이 하달되었다.

모든 백성들은 빨리 제 집으로 돌아가서
농사에 힘쓰고 생업을 편하게 하라.
도윤 가운데 협잡꾼이 아무 까닭 없이 읍내에 머물면서
술과 음식을 요구하는 즉시 관아에 보고토록 하라.
면(面)의 일이라 말하면서
민간에서 그 비용을 거두어들이는 행위가 발각되는
도윤은 반드시 엄한 처벌을 받을 것이니
마땅히 근면하게 힘쓰라.

그날 밤은 달이 뜨지 않은 듯이 칠흑같이 어두웠다. 아직 잔설이 곳곳에 남아 있어 칼칼하게 불어오는 바람에 눈가루가 방문에 몰려왔다. 잠이 오지 않아 뒤척이고 있는데 문밖 마루에 인기척이 났다. 버선발을 딛는 조용한 소리였다.

"달래이옵니다."

나지막한 목소리로 조심스럽게 방문을 열고 달래가 문 안으로 들어왔다. 의병소에서 잠을 이루지 못하다가 이곳으로 달려왔다며 내 이부자리가 펼쳐져 있는 머리맡에 조용히 꿇어앉는다.

단정하게 검정 옷을 차려 입고 분가루 냄새보다 더 짙은 달래의 살 냄새가 일시에 온 방에 퍼지는 것 같았다.

"이 추운 야밤에 웬일이냐."

촛불을 밝히자 달래의 얼굴의 윤곽이 또렷이 드러났다. 초승달처럼 짙은 그리지도 않은 눈썹 아래 커다란 눈빛에 촛불이 가늘게 혼들리고 있었다. 유난히 흰 두 손을 옴사쥐고 고개를 다소곳이 숙인 채 앉아 있다.

가슴 옷자락에 곱게 접은 피봉이 없는 편지를 한 장 꺼내 내 앞으로 밀었다. 손이 가늘게 떨리고 있었다.

匹馬獨來還獨去　數行殘淚洒冬陰
臨行却贈雙梳子　別後梳頭憶我精

又向智異山裡去　香名留在包山中

吾少小輾轉離鄉　投槍劍歌訴怨傷

필마 타고 홀로 왔다 다시 홀로 떠나면

몇 줄기 눈물만 겨울 하늘에 뿌리노라

길 떠나며 참빗을 정표로 남기노니

머리 빗으며 그리움 달래보소

이제 지리산 중으로 떠나며

꽃 같은 내 이름 포산에 남기네

내 어려서 고향 떠나 객지를 전전하며

창검을 내려놓고 한스러운 슬픈 사연 노래하리

달래는 아무 말 없이 손수로 쓴 한시 한 편과 참빗 한 자루를 머리맡에 남겨 두고 밤길을 떠났다.

촛불은 말없이 바람에 일렁거리며 조금 전 머리맡에 앉아 있던 달래의 모습을 검은 어둠으로 녹여 내리고 있었다.

멀리서 여우의 울음소리가 애처롭게 산골짝에 퍼지고 있다.

억술이가 날이 새지도 않을 무렵 입가에 입김을 뿌옇

게 뿜으며 허겁지겁 달려 와 새벽 무렵 겨우 잠든 나를 깨웠다.

"어르신, 큰댁 노였던 갑생이와 태복이가 이몽학이 이끄는 반군에 가담했다가 의금부에 잡혀 갔답니다."

"그 화가 이곳까지 미칠 것이라고……."

"갑생이와 태복이가 왜적의 앞잡이가 되어 있었는데 왜어倭語를 빨리 배워서 왜장의 통역을 맡고 있었다는 소문은 들었는데 이제 와서 무슨 역모에 가담했다니 무슨 말인가?"

"어르신, 어제 밤늦게 대구 관아의 형방 서리들 몇 명이 숯가마 찾아 와서 이것저것을 조사하고 갔습니다. 아마 큰 일이 닥쳐올 불길한 예감이 들었습니다."

"무슨 말인가? 부서진 삼간초옥도 침탈을 금하거늘 감히 조정의 구중궁궐을 침탈이라니 말이나 되는 소린가?"

아침 무렵 곽재우 의병장을 모시고 있던 영산에 있는 정 처사가 말을 타고 달려 왔다. 어제 밤늦게 곽 장군은 의금부에서 내려 온 나졸들이 포박을 하여 한양으로 압송되었다고 전했다.

이몽학이 이끄는 반군은 날이 갈수록 조정에 불만을 품은 함경도 쪽의 유민들이 합세하여 그 세력이 눈덩이처럼 불어나자 도원수 권율과 충청병사 이시언에 의해 반군이 진압되었다고 한다. 왜병의 병기 지원을 약속받고 이몽학의 반란군에 가담하였던 큰댁의 노비였던 갑생이가 의금부에서 형문을 못 이겨 이몽학의 배후에 곽재우, 김덕령이 있으며 반군에 군수 무기를 재조하여 바친 이가 포산에 사는 곽주라고 고했다고 전하였다.

그날 오전 대구 관아의 형방 서리들이 들이닥쳤다.

전쟁, 참혹한 생애

7개월 동안의 글을 쓰는 방랑생활 기간 동안, 그 어느 날 대구 달성군 우륵동을 찾았다.

여름햇살이 강하게 내려안는 날, 갑자기 폭우가 쏟아졌다. 길섶에는 노란 면서기꽃이 비를 맞아 속옷까지 젖어 고개를 떨구고 있다.

희고肥後번의 지방호족 출신 사야가沙也可, 한국 이름으로는 김충선이고 호는 모하당이다. 그를 기념하는 우록서원과 그의 후손들이 평화롭게 살고 있는 도시의 외진 마을이다.

1592년 4월 왜장의 제2번대 가토 기요마사의 가신으로 조선 침공에 종군하여 한없이 평화스러운 영산을 거쳐 청도 밀양으로 전진하고 있었다.

사람들의 그림자도 찾아 볼 수 없는 이미 텅 빈 농촌의 들녘에는 거둠 시기를 놓쳐버린 봄보리가 누렇게 불어오는 바람에 물결을 치고 있었다.

침략 전쟁에 눈이 먼 한 사람의 위대한 관백 앞에 머리를 조아리는 일군의 사무라이. 태양의 아들들의 영광을 위해 끌려 나온 사야가의 모습.

그는 청도를 넘어서면서 왜병의 오열에서 이탈하여 이 땅에 뼈를 묻었다.

그가 바로 나의 모습이었다.

한없이 평화로운 시골 사람들, 환한 웃음과 덧없이 보내는 찬사와 기대를 유혹하기 위해 석 달 동안 선거운동을 하느라 이 지역을 훑어 내려갔다.

일일이 기억되지 않는 맑은 영혼을 가진 나의 유권자들은 달래와 같은 모습으로 때로는 억술이 같은 순수한 나의 가족이었다. 단 한사람의 영광을 위해 이루어지는 선거 또한 참혹한 전쟁이었다. 배반과 위선의 노예가 되는 그 선택이 그처럼 달콤한 영광의 길이 결코 아니라는 것을 알았다.

사야가에 대한 역사의 평가는 다양했다.

1910년 태양의 아들의 후손들은 다시 한반도를 점령하였다. 일본의 관재 사학자 시데하라 타이라카幣原坦나 아오야나기 코타로青柳綱太郎은

"위대한 우리 황국에는 사야가와 같은 변절자가 있을 리 없다."

"조선에서 만들어 낸 위조다. 만일 사실이라면 사야가는 매국노다"라고 결론지었다.

또 다른 시각을 가진 나카무라 히데타카中村榮孝는

"사야가는 임진왜란 당시 조선에 투항한 왜장이었다"고 말하기도 했다.

어떤 결론이든 간에 전쟁은 짧은 시간 내에 사람들을 참혹한 생애로 만들어 내는 참으로 피할 수 없는 선택이다.

조선인의 목에 밧줄을 걸고 포로로 강제 연행한 조선인이 저 멀리 포르투갈 상인에게 팔려 간 안토니오 코레아와 같은 사람이 얼마나 많았을까?

조선의 유학자로 왜병들에게 강제 피랍되었다 되돌아온 강항은

"전라도 무안 해안에 적선 6, 7백 척이 몇 마장마다 가득

차 있었고 그 배에는 왜병의 수자와 맞먹는 우리 조선의 남녀
가 붙잡혀 있었다. 배마다 포로로 잡힌 조선 사람들의 절규하
는 울음소리가 바다와 산을 진동할 정도였다."

라고 『간양록』에 기술하고 있다.

　고니시 유키나가와 함께 종군한 포르투갈 출신 루이
스 프로이스 신부가 클라우디오 아쿠아비에게 보낸 보
고서에도 조선에서 강제로 끌고 온 1,300여 명의 조선인
에게 세례를 했다는 기록이 전하다.

　숱하게 잡혀 간 조선인 포로들은 노예로 팔려 가기도
했으며 큐수나 시코쿠 지역의 시골 노동자로 강제 노역
을 당하기도 하였다. 전남 영광 출신의 강황과 진주 출
신 정희득은 모리 다다무라三忠村에게 강제로 끌려갔던
조선의 유학자이다. 강황은 이요에서 가네야마金山에 있
는 승려 코닌好仁과 후지와라 세이카藤原惺窩를 만나 주자학
에 관한 깊은 교류를 나누기도 하였다. 진주 출신 홍호
연은 나베시마 나오게鍋島直茂에게 잡혀 가 일본 유학의 시
조가 되었다.

　경상도 하동 출신의 여대남은 가토에게 잡혀 구마모
토의 사찰의 승려로 일평생을 보냈으며 김여철은 우키

타 히데이에에게 잡혀가 마에다도시이에前田利家의 부인 오순인의 막하의 무사가 되었다.

자수 기술자였던 수많은 봉관여와 도공 기술자 박평의와 심수관 등 그 이름을 일일이 나열할 수도 없다.

남원 출신 심수관과 조선 도공들은 정유재란 때 시마즈 요시히로島津義弘에게 잡혀 니에시로가와로 연행되었다. 그러나 조선의 풍속, 습관을 유지하면서 독립적인 촌락을 형성하였다. 박수관을 촌장으로 옥산궁을 창설하여 백색 도자기와 흑색도자기를 구워내었다. 조선의 백자 기술이 일본에서 꽃을 피도록 이끈 장본인들이다.

천만 리 이국에 잡혀 온 도공들은 옥신궁을 짓고 매년 단군에 대한 제사를 올리며 조선 도공의 혼을 지워버리지 않았다.

타국 속에 조선의 꿈을 가마터의 수호신으로 단군을 부활시킨 시마즈가의 도공의 뿌리가 되었다.

조선 활자 문화의 꽃이었던 숱한 서적들, 심지어 조선의 왕조실록까지 약탈해 간 위대한 태양신의 광신적 아들들.

야스구니 신사의 유슈칸遊就館 앞에 '북관대첩비'가 있었다. 가토 기요마사가 점령한 함경도 길주 남쪽 임명역에 가토군을 격퇴한 의병장 정문부의 공적을 기려 세운 비문이다.

러일 전쟁 이후 1905년 제24사단장 미요시 나리유키 三好成行 중장이 천황에게 전리품으로 진상하기 위해 이 비석을 뿌리째 뽑아 도쿄로 옮긴 것이다. 가토가 의병장 정문부에게 패배했다는 사실은 날조된 사실이라고 왜곡하는데 앞장선 역사가들의 아직 당당히 살아 있다.

임진왜란의 조성 정벌의 당위성을 저 까마득한 지난날의 왜곡된 신화 속에 묻혀 있는 잔구 황후의 '삼한정벌'과 연계시켜 때로는 교린을 앞장세우고 때로는 조선을 멸시하는 우월적인 제국주의 논리를 진무의 '무도의 덕'으로 미화하고 있다.

그 광적으로 번쩍이는 눈빛을 나의 내부로부터 찾아내었다.

스스로의 희생이 없이는 어떤 평화도 갈구할 수 없음을 알았다. 7개월의 여행을 중간 정산하는 결과로 이 이야기를 쓰게 되었다. 이 이야기의 배경은 경상우도와 조도의 변경에 있는 포산(현풍)이다. 상주와 진주를 잇는 낙동강의 우측 경상우도와 상주와 경주를 잇는 경상좌도는 임란의 최대 피해 지역이었다.

'경'과 '의'를 존숭하며 수양의 도를 지고한 가치로 존 자들에게 퍼져 갈 것이다.

법이라는 제도와 제약이 권력의 힘으로 자생된 세상에서는 그 어떤 변화도 기대할 수없는 일이다.

탈국가주의나 민족주의를 넘어서는 길목을 지켜낼 사람은 반드시 사람의 변화를 통해 제도와 제약의 변화를 이끌 수 있음을 알아야 한다.

약탈에 의한 승리가 얼마나 허무한 것인지 알면서도 뛰어넘지 못하는 벽을 허무는 아름다운 꽃이 피어나야 한다.

그러한 기대조차 없다면 우리는 지금도 전쟁의 연속선상에 놓여 있는 것이나 다름이 없다.

아무런 죄도 없이 칼을 맞고 쓰러진 이들의 상처를, 그 참혹한 생애를 역사를 통해서만 읽어야 할 것인가?

우리는 여럿이면서 하나이어야 한다.